新年的決心

1

花足夠的時間慢慢磨墨。硯台和墨條的摩擦聲在六張榻榻米大的和室內擴散，完全聽不到隔壁房間的動靜。康代剛才在布置神龕，不知道結束了沒有。

達之發現墨汁的顏色夠濃後，停下手。他放下墨條，拿起毛筆。用筆尖蘸取了墨汁，輕輕閉上眼睛。他已經決定要寫什麼字。

深呼吸後，他睜開了眼睛，看著寫書法專用的白色半紙。挺直身體，筆尖慢慢靠近半紙。

當情緒漸漸高漲時，他揮毫落紙。他寫完兩個字後，放下毛筆，仔細端詳著。達之認為寫得很不錯。他是書法二段，對寫毛筆字頗有自信。

「好！」他小聲嘀咕後，動手收拾寫書法的工具。

康代正在隔壁房間把用來裝供神酒的酒壺從盒子裡拿出來。矮桌上已經有兩個酒杯，還有寫了「屠蘇」兩個字的袋子。

屠蘇散由紅花、濱防風、蒼朮、陳皮、桔梗、丁香、山椒、茴香、甘草和桂皮等藥草組成，加入酒和味醂之後，就是屠蘇酒。

大年初一新春試筆、喝屠蘇酒是前島家的慣例。當兒女成家立業，只剩下夫妻兩人之後，這個慣例仍然沒有改變。

「新春試筆還順利嗎？」康代問他。

「嗯，很順利，等一下給妳看。」

「真期待啊。」康代露出了微笑。

達之看了一眼牆上的時鐘，快清晨六點了。

「差不多該出門了。」

「好啊。」

「要多穿點衣服，天氣預報說，元旦會冷。」

「喔，好啊好啊。」

兩人換好衣服後出門。天色還很暗，空氣很冷，忍不住縮起圍著圍巾的脖子。康代穿了一件舊大衣，手肘的地方都是毛球。

他們要去附近的神社，已經連續好幾年沒去知名的神社了。他們覺得新年參拜只要拜本地的守護神就足夠了。

從中途開始，去神社只有一條筆直的路，路上完全沒有行人。雖然也是因為時間還早的關係，更因為去本地神社參拜的人越來越少。神社舉辦的廟會也一年比一年冷清。所有偏遠縣市的活力都一年不如一年。

鳥居出現在前方。因為沒有路燈，所以前方昏暗，看不太清楚。

沿著石階走上去，經過鳥居，前方就是正殿。通往正殿的是一條碎石子路。
「啊喲！」康代叫了一聲，「那是什麼？」
「怎麼了？」
「你看那裡，看到了沒有？就在功德箱前面。」
達之順著康代所說的方向望去，也發現地上有什麼東西。
他們走過去，終於看清楚了。那不是東西，而是一個人。不是有什麼東西放在那裡，而是一個人倒在地上。
「是不是有人喝醉酒？」
「也許吧。」
他們戰戰兢兢地走過去，發現倒在地上的是一個男人，更奇怪的是，他只穿著衛生衣和衛生褲，也沒穿鞋子。
「啊！」康代叫了起來，「這個人……這個人……」
「啊？」達之仔細打量那個男人的臉。倒地的瘦小男人年紀大約七十五、六歲。
「啊！」達之也叫了起來。
因為倒在地上的是這個町的町長。

2

附近派出所的年輕員警立刻飛奔而來。不一會兒，救護車就到了，救護員用擔架把町長抬走。達之用相同的話向員警和救護員說明情況。他和太太兩個人來這裡新年參拜，看到町長倒在功德箱前——除此以外，他完全不知道任何情況。但是，他們都問達之相同的問題，為什麼町長只穿了內衣褲？達之只能回答不知道。

宮司可能聽到吵鬧聲，也走了出來。他皮膚黝黑，比起神官的打扮，他更適合穿高爾夫球衣。

年輕員警向他說明了情況。

「喔，原來這裡發生了這種事。」宮司瞪大了眼睛，看著主殿。

不一會兒，幾輛警車出現了。這時候，已經聚集了不少圍觀的民眾。警方在鳥居前拉起了封鎖線，那些民眾發出了不滿的聲音。

「什麼意思啊，不讓我們去神社新年參拜嗎？」

「警察太蠻橫了。」

「哼！」宮司用鼻孔噴氣，「說什麼鬼話，這些人根本沒打算來我們神社參拜。即使來參拜，也不會樂捐半毛錢。」

達之看著宮司的臉，他們四目相接。不知道宮司怎麼理解達之的眼神，對他點了點頭說：「虔誠的人越來越少，真的很傷腦筋。」

達之不知該如何回答，只能不置可否地「喔」了一聲。

一個身穿西裝的高大男人走向達之他們。

「你們是最先發現的人嗎？」

「對。」

對方問了姓名、住址和電話，達之據實以告。這個男人自我介紹說，他姓熊倉。達之從他的態度判斷，他應該是指揮偵查工作的負責人，也有人叫他課長。

熊倉問了他們發現時的情況，達之又重複了相同的內容。熊倉聽完後問：「他為什麼只穿內衣褲？」

「不知道。」達之偏著頭回答，但內心有點火大。

他看向周圍，發現那些刑警並沒有開始搜索，好像只是因為被叫來，所以只好來這裡，還有人臉紅紅的，看他不停打呵欠的樣子，八成是喝了跨年酒，酒還沒有醒，就被叫來這裡，也有人對著正殿用力拍手祭拜。

「既然要拜，就別忘了投錢啊。」宮司在達之身旁嘀咕。

「不好意思。」熊倉說完，拿出了手機。他似乎接到了電話。

「啊啊，是我。……喔，是嗎？那就太好了。……啊？什麼？……嗯？怎麼回事？這是什麼意思啊？……這還真麻煩啊，醫生說什麼？……啊？是這樣嗎？……好，那就這麼辦。……啊？真的假的？這可不太妙啊，果真如此的話，我們可辦不了。真傷腦筋，大過年的。……好，我知道了。總之，會請鑑識課的人來看一下。」

熊倉把手機放回口袋後叫了一聲：「喂，鈴木。」剛才在拍手祭拜的刑警走了過來。

「町長恢復意識了。」

「是嗎？那不是很好嗎？我們可以走了嗎？」

「不行，據說他失去了記憶。」

「啊？」

「他說完全不記得發生了什麼事，只記得和本地的椿腳在居酒屋喝酒，之後就完全空白了，所以目前已經派人去居酒屋瞭解情況。」

「失去記憶嗎？」

「好像是這樣。還有一件麻煩的事。」熊倉皺著眉頭，但說話完全沒有壓低聲音，所以達之他們也都聽到了，「他好像被人打到頭了。」說完，他輕輕拍了拍自己的後腦勺。

「啊，不是跌倒時撞到的？」

熊倉仍然皺著眉頭，搖了搖頭。

「醫生斷言，是被鈍器毆擊的痕跡，而且是用力毆擊，所以頭蓋骨上出現了裂縫。」

「啊？」鈴木好像快哭出來了，「大過年的，竟然發生了殺人未遂這種事。我原本還打算去滑雪。」

「我也已經預約了溫泉旅館。總之，情況就是這樣，所以要請局長下達指示，你打電話給局長。」

「啊？」鈴木做出了到目前為止最大的反應，「要我打電話嗎？大年初一打電話給局長，一定會被他臭罵一頓。」

「有什麼辦法，要由局長決定要不要請求縣警總部的支援。如果是殺人未遂事件，搞不好會成立搜查總部。」

「真不希望成立搜查總部。」鈴木一臉窩囊的表情，拿出了手機。

3

達之他們來到神社的社務辦公室後，警方再度向他們瞭解了當時的情況，但還是重複相同的內容。

「請你們仔細回想一下，在到神社之前，有沒有遇到誰？照理說，應該會遇到人啊。」

熊倉一直問相同的問題，但達之他們也只能回答相同的答案。

「完全沒有遇到人，從家裡到神社的路上，沒有半個人影。」

「但是，根據醫院傳回來的消息，他遭到毆擊的時間並不久，所以凶手從神社逃走時，不可能沒有遇到你們。到底是怎麼回事？凶手到底是怎麼逃走的？」

「會不會看到我們，然後就躲起來了？」

「嗯，」熊倉發出低吟，「但幾乎沒有地方可以躲啊，因為這裡根本是鳥不生蛋的地方。」

「即使你這麼說，但我們沒看到就是沒看到啊。」

「嗯嗯，我知道。」熊倉抓抓額頭，又小聲地說：「如果也沒有發現町長就好了。」

「啊？」達之問：「我們發現町長這事有問題嗎？」

「啊，不是，絕對不是這個意思。」熊倉慌忙搖著雙手，「如果不是你們及時發現，町長可能有生命危險，到時候就會變成殺人事件，事情會鬧得更大，所以幸好你們發現了。對，當然是這樣，而且你們還大力協助我們辦案，真是感激不盡。」

達之嘆了一口氣。雖然發現町長這件事本身沒有問題，但也許不應該繼續留在這裡。他猜想熊倉應該是這個意思。如果報案者離開，警方就無法向報案人瞭解情況，也就可以隨心所欲地處理。

鈴木一臉愁容從外面走了進來。

「怎麼樣？」熊倉問他，「有沒有找到？」

「沒有，」刑警鈴木搖了搖頭，「神社內沒有。」

「你有沒有仔細找，鈍器包括很多東西，有沒有發現像是石頭或是棍子之類的東西？」

他們似乎在討論凶器。剛才因為大批刑警要勘驗現場，所以達之他們才會來到辦公室。

「神社內都是碎石，沒有發現可以作為鈍器的大石頭。至於棍子，只有神社後方有一把竹掃帚，但用來打人，也不可能把頭蓋骨打出裂縫。」

熊倉聽了鈴木的回答，撇著嘴角，「那就沒辦法了。」

「刑警先生，請問一下，」達之對熊倉說，「我們什麼時候可以離開？該說的已經都說完了。」

「不，可不可以請你再忍耐一下？我們分局的局長很快就到了。」

「局長……」

「你也知道，這是殺人未遂事件，而且是攻擊町長的重大事件。我猜想局長應該會請求縣警總部的支援，總部的人來這裡，還是要向你們瞭解情況。即使你現在回去了，到時候還是要再來一趟。與其這樣跑兩趟，還不如繼續留在這裡，大家都比較輕鬆。」

「喔……」

只有你們比較輕鬆而已。達之很想這麼說，但還是忍住了。

宮司端著放了茶杯的托盤走出來。

「你們就慢慢坐吧，等勘驗現場告一段落後，你們就可以先去新年參拜。」

「嗯，真是好主意，請務必這麼做。」熊倉連續點了好幾次頭。

達之拿起茶杯喝了一口，忍不住吐出來。

「這是什麼？這不是酒嗎？」

「這可不是普通的酒，是供神的酒。來來來，不必客氣，兩位刑警先生也請喝一杯。」宮司一臉親切地說。

「嗯，雖然還在工作，但既然是供神的酒，那就不能拒絕了。」熊倉樂不可支地伸手拿起茶杯，鈴木也眉開眼笑地喝了起來。

這時，一名年輕刑警走了進來，「局長到了。」

「喔喔。」熊倉站了起來，鈴木也立正站在那裡。達之和康代互看了一眼之後，同時站了起來。

一名身穿制服的圓臉男人板著面孔走進來，金框眼鏡後方是一雙惺忪睡眼。他巡視了辦公室後，走到電暖器前，鈴木立刻把鐵管椅搬過去。男人沒有道謝，就一屁股坐了下來。

「嗚，真冷啊。」

「先喝一杯。」宮司說著，把茶杯遞給局長。局長接過茶杯，宮司立刻用小酒壺為他斟了酒。局長完全沒有覺得任何不對勁，一口喝下了酒，小聲嘟噥說：「喔喔，身體暖和多了。」

「局長，」熊倉上前一步，達之猜想他打算馬上報告案情。

「新年快樂。」達之猜錯了，他先向局長拜年。

「新年快樂。」鈴木也跟著說道。

「嗯，嗯。」局長把沒有拿杯子的手放在電暖器前，落落大方地點了點頭，「新年快樂，今年也要好好加油。」

「是。」兩名刑警異口同聲地回答後坐了下來，達之他們也跟著坐下。宮司拿著托盤消失在後方。

「目前是什麼狀況？」局長問。

熊倉開始說明情況，局長聽他說明時不時看向達之和康代，但看起來似乎沒有太大的興趣。

「情況就是這樣。」熊倉說完了。

「是喔。」局長抓著下巴，看著達之問：「是你們發現的嗎？」

「對。」達之點了點頭。

「這麼大清早？」

「因為我們想去神社參拜。」

「新年參拜的話，不必來這種本地的神社吧？」

「這是每年的慣例，不好意思。」達之在說話時，搞不懂自己為什麼要道歉。

「嗯，」局長皺著眉頭低吟著，「事情有點麻煩啊。」

「因為被害人是町長。」熊倉說。

「新年的這三天，我有很多行程，今天晚上也受邀參加商店街的春酒。」

「喔，就是那個，」熊倉雙眼發亮，「會有二十名左右穿著超短迷你裙的公關小姐來參加。」

「不不不，那是以前的事了，現在有十個小姐來就很不錯了。畢竟到處都不景氣嘛。」

「即使這樣，還是很令人羨慕。」

「但如果不能去參加，不就一場空了嗎？總不能通知縣警，成立搜查總部之後，自己一個人跑去參加宴會。」局長抓了抓眉毛上方，「町長說他什麼都不記得了？」

「他只記得和椿腳一起在居酒屋，問了店裡的人，證實他的確在那裡喝到凌晨一點左右，然後和椿腳在店門口分手，町長一個人回家了。居酒屋就在離這裡幾百公尺的地方，他離開居酒屋之後的行蹤無法確認。那名椿腳有不在場證明。」

「真傷腦筋啊。」局長抓著脖頸後方，「我記得町長七十幾歲，都已經是喜壽的年紀了，竟然還喝到失去記憶。」

「不，根據醫院回報的消息，他並沒有喝太多酒，是因為遭到毆擊的影響，才會失去記憶。」

「是喔，那為什麼只穿了內衣褲？」

「這也是很大的疑問。目前認為凶手脫掉他衣服的可能性最高。」

「有什麼目的？」

「這……」熊倉偏著頭。

「真傷腦筋，看來只能請縣警總部派人來支援了。如果不趕快處理，就會被媒體發現。他媽的，只能放棄公關小姐了。雖然不知道哪個混蛋是凶手，但為什麼偏偏在這種時候惹事生非，難道連新年的三天假期也等不及嗎？」局長轉動著脖子抱怨著。

就在這時，熊倉的手機響起了鈴聲。

「是我。……啊？你說什麼？……沒搞錯吧？……這樣啊，好，那就在附近挨家挨戶查訪。」他興奮地說完後，掛上了電話，對著局長說：「找到了町長的衣服，還有鞋子。」

「是嗎？在哪裡找到的？」

「在距離剛才提到的那家居酒屋數十公尺的公園內，據說藏在長椅後方。——喂，鈴木，你也去支援。」

「是。」鈴木回答後離開了。

「公園喔，為什麼會在那種地方……」局長偏著頭。

「這意味著出現了新的可能性，」熊倉壓低了聲音，「之前一直以為神社這裡是犯案現場，但搞不好是在那個公園。町長離開居酒屋之後，在公園內遭人毆擊後昏倒。如果是這樣，也符合町長失憶的情況。」

「有道理，所以凶手在公園脫下町長的衣服後，再把他搬來這個神社。」

「沒錯，應該是想要混淆犯案現場。凶手並沒有想到町長會獲救，然後恢復意識。」

「如果是這樣，凶器也可能丟在公園附近。」

「我同意，我馬上派人搜索。」熊倉說完，正準備拿起手機時，來電鈴聲又響了。

「我是熊倉，怎麼了？……什麼？……喂，所以果然……嗯……嗯……好，就朝這個方向偵辦。另外，再找一下凶器。」掛上電話後，他看著局長說：「又掌握了新的線索。有人證實，昨晚在現場附近曾經聽到兩個男人吵架的聲音，兩個人都上了年紀。」

局長探出身體問：「有沒有看到臉？」

「可惜目擊者沒有看到臉，但據說其中一個人是矮個子，另一個人是高個子。矮個子應該就是町長。」

「好，那就找遍整個城鎮，只要看到可疑的躮腳，就先抓起來。」

「我知道，他們已經這麼做了，但聯絡縣警總部的事要怎麼處理？」

「嗯。」局長抱著雙臂，「以目前的情況來看，有可能很快就解決了。我可不希望聯絡縣警總部，結果被他們搶走了功勞。要不要觀察一下再做決定？」

「我也認為這樣比較妥當，而且，縣警總部的搜查一課課長是出了名的死腦筋，堅持在沒有十足的證據之前，就不能移送檢方，很可能會影響偵辦進度。」

「這可不行。好，那就先暫時不通知縣警。」局長看著手錶，「無論如何，都希望在傍晚之前解決，這樣就可以去喝春酒了。熊倉課長，如果傍晚之前解決，我就帶你一起去。」

「真的嗎？」熊倉雙眼發亮。

「對，是真的，你可以大看性感的美腿養養眼。」

「謝謝。」

「請問，」達之再度開了口，「既然不通知縣警總部，我們就沒必要繼續留在這裡了吧？」

熊倉和局長互看了一眼，隨即轉身背對著達之他們，竊竊私語地討論起來，達之只聽到「利用」這兩個字。

他們再度轉向達之他們。

「不好意思，可不可以請你們再稍坐片刻？」熊倉問。

「為什麼？應該已經沒我們的事了。」

「目前的情況並不是這樣，有一件事只能拜託兩位。」

達之皺起了眉頭，「拜託？拜託我們什麼？」

「這……到時候再告訴兩位。」熊倉吞吞吐吐地說。

「沒事沒事，不用擔心，我們會儘量不造成兩位的困擾。」局長露出狡猾的笑容後，對著後方叫了一聲：「喂，宮司，酒已經喝完了嗎？客人要續杯。」

「客人？」

「來了來了。」宮司回答後出現了，托盤上放著酒壺，「讓各位久等了。」

「不，我不喝了……」

達之搖了搖手，局長抓起酒壺，硬是把酒倒進他的杯子。

「過年嘛，不用客氣。反正這個神社的酒都是叫酒鋪奉獻的，你完全不必客氣。」

「不，我並不是客氣……」

這時，熊倉又接起了電話。

「是我。……什麼？是喔。他招供了嗎？……嗯……嗯。……沒關係，先把他帶去分局，然後把他的相片寄過來。……嗯，那就拜託了。」熊倉啪答一聲蓋上了手機的蓋子，看著局長說：「有一個可疑人物躺在車站的候車室長椅上，員警上前盤問，發現是一個四十五歲的公司職員。他說和公司的同事一起喝到很晚，不知道什麼時候喝醉了，他不記得和同事道別後的情況。」

「那個男人的體型如何？」局長問。

「身高一百八十公分，高高瘦瘦。」

「看來是躲腳嘛。」局長打著響指說，「就是他，一定就是他。」

「我已經指示他們帶去分局，接下來只要讓他招供就解決了。」

「無論如何都要讓他招供，即使用一點強硬的手段也無妨。」

「好，我會指示……喔喔，收到郵件了。」熊倉用不熟練的動作操作著手機，「就是那個可疑男子的相片，嗯，看起來真的很可疑。」

局長也從一旁探頭看著熊倉的手機，然後兩個人互看了一眼，意味深長地點了點頭。

「想請兩位看一樣東西，」熊倉把手機螢幕出示在達之他們面前，「你們曾經見過這個男人嗎？」

手機螢幕上是一個長臉的男人，應該是因為睡在候車室的關係，所以頭髮很凌亂。他的眼神空洞，完全沒有霸氣，嘴角旁有口水乾掉的痕跡。因為完全沒見過這個男人，所以達之就如實回答，身旁的康代也點頭表示同意。

「真的嗎？你們仔細看一下，會不會今天早上來這裡的途中見過他呢？」

熊倉問的話讓達之感到困惑。

「我剛才已經說了，我們沒有遇到任何人。」

「我知道，但請你再仔細想一想，人的記憶很不可靠，也許只是你以為沒有遇到任何人而已，其實搞不好曾經見過。」

達之和太太互看了一眼，偏著頭說：

「即使你這麼說，我還是覺得沒見過。」

「不，我是說——」

「由我來說吧，」局長說完，清了清嗓子，「你們剛才聽了我們的對話，應該知道已經抓到像是兇手的人，但是那個傢伙喝醉了，完全不記得自己做過的事。被害人町長也是相同的狀態，這樣根本沒辦法解決問題，為了讓嫌犯能夠招供，可不可以拜託兩位提供協助？」

「什麼意思？」

「就是啊，」局長壓低了聲音，「只要你說，在神社附近看到一個很像他的男人，之後我們會妥善處理，我可以保證，絕對不會給你們添麻煩。」

達之終於瞭解狀況。也就是說，他們希望自己作偽證，讓他們能夠斷定被帶去分局的那個男人就是凶手。剛才聽到的「利用」，原來就是指這件事。

「我拒絕。」達之斬釘截鐵地說，「我不能陷害他人。」

「並不是陷害，只是喚醒醉鬼的記憶，反正他就是凶手。八成就是兩個喝醉的人吵架，結果不小心打了起來。町長沒有生命危險，不是什麼太大的罪行，怎麼樣？可不可以請你們提供協助？」

「不行，我不想說謊，而且，萬一有真凶怎麼辦？如果有人想要謀害町長，這可是重大事件。」

局長用力嘆了一口氣，「無論如何都不行嗎？」

「不行。所以說，我相信已經和我們無關了，我們先告辭，沒有問題吧？」

熊倉看著局長，局長癟著嘴，點點頭，「那就沒辦法了。」

達之催促著康代站了起來。就在這時，局長的手機響起。

「是我。什麼事？我正在忙。……請警方協尋？不要為這種小事打電話給我。……什麼？教育委員會的委員長？……嗯……嗯。……是喔，我知道了，那就派人去瞭解一下情況。」

局長掛上電話後，熊倉問他：「發生什麼事了？」

「接到了教育委員會委員長家屬的電話，昨天深夜出門時，說和朋友去喝酒，到現在還沒回家。」

「教育委員會的委員長？他到底去了哪裡？」

「不知道，可能在哪裡喝得不省人事吧。真是的，已經夠忙了，那個躿腳老頭還來添亂。」局長咬牙切齒地說到這裡，瞪大了眼睛，似乎被自己說的話嚇到，和熊倉互看著。

「躿腳……對啊，委員長雖然上了年紀，但個子很高。」

「而且也很瘦，又認識町長。」

「町長被人毆擊的同一天晚上，委員長失蹤了，這絕對不是巧合。好，向分局所有人發出指示，要傾全力把委員長找出來。」

「是。」

達之聽著他們的對話，不想再有任何牽扯，於是就走了出去，但康代沒有跟上來。康代站在那裡，看著熊倉打電話。

「喂，妳在幹嘛？走了啊。」

康代沒有回答，不一會兒，她向熊倉他們走近了一步。

「請問……」

已經打完電話的熊倉看著她問：「什麼事？」

「教育委員會的委員長是凶手嗎？」康代問。

「目前還不知道，怎麼了嗎？」

「如果他是凶手，他把凶器藏在哪裡？又是怎麼從這個神社逃走，卻沒有被我們看到呢？」

「目前正在被認為是犯案現場的公園附近尋找凶器，他逃走時沒有被你們看到，應該是有某些偶然的因素。」

「太太，妳到底想說什麼？」局長一臉不悅地問。

康代縮著肩膀，抬頭看著他們說：

「我認為犯案現場就在這個神社，並不是在公園。」

局長露出訝異的表情問：「妳憑什麼這麼斷言？既然這樣，町長的衣服為什麼會在公園呢？」

「衣服應該是在公園脫掉的，但犯案現場並不是在公園。町長是來這裡之後被打的。」

「妳憑什麼這麼斷言？」

「因為他的腳底很髒。」康代說，「他的襪子髒了。如果有人把他搬來這裡，襪子不會髒。町長是自己從公園走來這裡，而且沒穿鞋子。」

「為什麼要這麼做？」

「這我就不知道了，也許是凶手威脅他。總之，如果不這麼思考，就無法解釋他腳底很髒的原因。」

局長和熊倉都沒有說話，也許他們想不到反駁的理由。

「但是，」熊倉又說，「在神社周圍並沒有發現凶器。」

「所以我認為凶器還在凶手的手上，」康代說，「而且，如果凶手從神社逃走，我們一定會看到。既然我們沒有看到，就代表凶手還沒有逃走。」

「啊？」局長和熊倉同時叫了起來。

「還沒有逃走？太太，這是什麼意思？」局長問。

「就是……」康代說，「就是還在這裡，還在這個神社的意思。」

「怎麼可能！」熊倉站了起來，「不可能有這麼荒唐的事，我們全都找過了。」

「不，並不是全部，在開始搜索神社時，我們就來到辦公室，但你們還沒有找過辦公室，還沒有找過辦公室的後方。」

達之聽到康代這句話，也忍不住驚訝，看向通往後方的門。

宮司臉色蒼白，站在那裡。

4

委員長躲在辦公室後方的儲藏室內，窩藏他的宮司把警方偵查的狀況告訴了他。

「我並沒有打町長，那只是意外。」委員長坐在辦公室正中央，氣鼓鼓地說。以一個七十歲的人來說，他的確算是高高瘦瘦。

「到底發生了什麼事？你在除夕深夜出門，到底想去哪裡？」熊倉問。

委員長板著臉，抱著雙臂說：「我不想說。」

「委員長……」熊倉露出失望的表情。

「只能死心了，」宮司對委員長說，「如果繼續隱瞞，事情可能會鬧大。」

「沒錯，還是老實告訴我們最妥當。」局長也說。

委員長撇著嘴角，很不甘願地說：「就是『伊呂波』啊。」

「『伊呂波』就是商店街角落那家小餐館嗎？」熊倉向他確認。

「對啊。」

「你為什麼那麼晚還去小餐館？」

委員長再度閉口不語，宮司說：「去找老闆娘。委員長最近迷上了那家小餐館的老闆娘。」

「老闆娘？我記得她快六十歲了……」

「她才五十八而已，」委員長小聲地說，「比我小一輪。」他的語氣好像在質問別人「有什麼意見嗎？」

「呃，所以，這和町長有什麼關係？」熊谷問了這個問題，恍然大悟地看著委員長的臉，「町長該不會也對老闆娘……？」

「哼！」委員長用鼻孔噴氣。

「那個老頭太不自量力了，他都七十七歲了，都已經七老八老的人了。」

他似乎認為七十歲還不算七老八老。

「所以，你們就在那家店裡遇到了嗎？」

「不是在店裡，是在店門口。我聽說除夕在凌晨一點打烊，所以就配合時間過去，沒想到看到那老頭從相反方向走過來，居然還問我：『委員長，你在打烊後才來，到底打什麼主意』，我就反問他：『你自己在做什麼白日夢？』於是，我們就決定去公園把話說清楚。」

「把話說清楚……怎麼說清楚？」

「當然不可能決鬥，所以就決定用『福男』的方式。」

「福男？」

「你不知道西宮神社的這個儀式嗎？就是一月十日開門的同時，男人爭先恐後地賽跑，衝向正殿的儀式，第一名的男人就可以獲得福男的稱號。」
「賽跑？你們該不會賽跑？」
「町長說要用這個方式，誰先搖響正殿的鈴就算贏。誰輸了，誰就不可以再糾纏老闆娘。我也是男人，當然不能退縮，所以我們就決定從公園開始跑。沒想到町長那傢伙竟然開始脫衣服，還把皮鞋也脫了。他好像覺得這樣可以跑得比較快。我就這身衣服直接跑。因為我覺得不可能輸給七十七歲的老頭子，沒想到，」委員長生氣地咂著嘴，「開跑之後發現，那個老頭子竟然很會跑，而且跑得很快。」
「我在報紙上看過，町長為了鍛鍊身體，每天早上都晨跑。」宮司向眾人說明。
「結果呢？」熊倉請委員長繼續說。
「我也拚命跑，卻追不上他。當我經過神社的鳥居時，町長正準備搖鈴。我覺得這下子完蛋了，就在這時，發生了意想不到的事。」
「發生什麼事？」
「鈴掉下來了，正好打中町長的腦袋。」
「鈴？」
「好像是用來固定鈴的掛鉤脫落，發出了巨大的聲響，町長昏了過去。這時，宮司出現了。」
熊倉看向宮司問：「你做了什麼？」

「我對委員長說，這裡我會處理，請他趕快離開。」

「沒想到沒辦法逃了。」委員長看著達之他們，「因為我看到他們，所以只好躲去辦公室。原本打算找機會逃走……」

結果一直沒機會。

剛才在搜索儲藏室的鈴木走出來，「我發現這個。」

他手上抱著一個巨大的鈴，還有壞掉的掛鉤和粗繩。

「對不起，我原本想說實話，但想到必須保護委員長的名譽……」宮司辯解著。

「還真會找理由。」達之在一旁聽了，很不以為然。宮司想要隱瞞的並不是委員長的醜聞，而是正殿的鈴掉下來這件事。如果町長有什麼三長兩短，就會因為神社的管理疏失，追究宮司的責任。在場的所有人都瞭解這些內情，所以都不發一語地冷笑著。

熊倉拿著手機走了出去，辦公室內充滿了凝重的沉默。達之錯過了離開的時機，也有點不知所措。

熊倉走了回來。

「町長恢復了記憶。正確地說，他說失去記憶是假的，得知委員長說出一切，他也就放棄了。」

「所以說，委員長說的話……」局長問。

「幾乎都是事實。」熊倉說，「但町長主張，是他先看上老闆娘，委員長想要橫刀奪愛。」

「那個死老頭說什麼！」委員長怒目圓睜，「當初還是我告訴他那家小餐館的呢！」

「好了好了，這種事根本不重要，」熊倉一臉無奈地說，「局長，怎麼辦？町長不打算報警。」

「哼，因為那個老頭子有老婆，所以不敢把事情鬧大。」自己也有家室的委員長說。

局長看了宮司和委員長後，吐了一口氣，「就當作什麼事也沒發生，所有偵查員都撤退。」

「是。」熊倉無力地回答，「這下子可以去參加今晚的春酒了。」

「但是，」局長看著達之他們說，「這麼一來，就變成沒有人發現町長，也沒有人報警……」

所有人露出懇求的眼神都看著達之和康代。

達之感到渾身無力。

「好，這樣沒問題，我們什麼都沒看到。」他無精打采地回答。

5

達之和康代回到家時，已經上午十點多了。這次的新年參拜太莫名其妙了。不，其實他們根本沒有參拜，一直都留在辦公室。

走進屋內，達之坐在座墊上。他覺得累壞了。

「要不要泡茶？」康代問。

「不，現在不用。」

達之看向矮桌，發現屠蘇酒已經準備好了。原本打算參拜回來後，兩個人一起喝。然而，這不是普通的屠蘇酒，加在酒裡的並不是屠蘇散，而是氰化鉀。那是從達之的工廠拿回來的。

達之的工廠從去年秋天就歇業了，即使想要繼續營運，也接不到生意，欠了員工好幾個月的薪水，他們根本無力償還不斷膨脹的債務，工廠很快就會倒閉。這棟房子也已經拿去抵押了，他們將無處可住。

多年來，他們都很認真過日子，一直以來都很踏實。即使如此，人生也可能不順利——他們終於瞭解到這件事。

他們在討論之後，覺得真的已經無路可走。只要自己死了，孩子可以領到保險金。他們已經寫好了遺書，希望可以用這些錢，向那些被自己連累的人道歉。

他們沒有絲毫的猶豫。正因為這樣，達之和康代決定，要像往年一樣，完成新年的儀式。他們打算在新年參拜時，為自己能夠成佛，為其他家人的幸福祈禱。

沒想到，他們無法完成最後一次新年參拜。

「老公，」康代說，「那個可以給我看一下嗎？」

「哪個？」

「新春試筆，你剛才不是說，等一下要給我看嗎？」

「喔，對喔。」達之站了起來。

他們一起走去隔壁的房間，寫在半紙上的字已經乾了。兩個人站在那裡，低頭看著上面寫的字。

誠意——

他們不發一語，看著那兩個字很久。最後，康代開口。

「老公，我們不死了。」

達之看著妻子，從她的臉上感受到某種決心。她的眼神好像已經看透了一切，整個人都放鬆了。

「那種不負責任的人竟然活得那麼囂張，那種笨蛋竟然可以當町長，當教育委員會的委員長，當分局的局長——」

「還有宮司……」
康代深深地點頭。
「為什麼像我們這種老老實實的人卻要死？這絕對有問題，太荒唐了。老公，我們要咬牙撐下去。從今以後，我們要比他們更不負責任，更輕鬆，更厚臉皮地活下去。」她說話的聲音從來不曾這麼堅定。
達之坐了起來，拿起半紙，再度打量自己寫的字之後，說了聲：「我也有同感。」然後把半紙撕成兩半。

第十年的情人節

1

那家餐廳位在一棟有很多高級精品店進駐的大樓一樓，因為入口開在中庭，所以外觀看起來像是民宅。

推開有著厚實裝飾的大門，一個戴著領結的男人站在門內，微微鞠躬，用沉穩的聲音說：「歡迎光臨。」

「津田的預約。」峰岸說。

「本店正恭候您的大駕光臨。」

峰岸跟著男人走進餐廳。餐廳內有一整排四人座的桌子，只有大約兩成左右的座位坐了人。雖說是情人節的晚上，但非假日的法國餐廳似乎有點冷清。

一個女人坐在角落的餐桌旁，一看到峰岸，立刻嫣然一笑。她是不是比以前瘦了？但標緻的五官和以前一樣，細長的眼睛多了幾分成熟的味道。

峰岸看了一下手錶。離約定的時間還有五分鐘。

「讓妳久等了，我稍微提早到，原本打算在這裡等妳。」

「是我來得太早了，你不必放在心上。」略帶鼻音的說話聲也一如當年，但似乎比以前更有氣質。

峰岸坐了下來，注視著津田知理子的臉細細打量。

「妳好。」

「你好，好久不見。」

「看到妳一切都好，真是太好了。」

「你也是。」

看起來像是調酒師的男人走了過來，問他們要喝什麼餐前酒。

「喝香檳好嗎？」知理子問。

「好，我也贊成。」

調酒師離開後，峰岸說：「真是太驚訝了，完全沒想到隔了這麼多年，妳會主動聯絡我。」

「對不起，是不是造成你的困擾？」

「完全沒這回事，」峰岸用力搖著頭，「如果我覺得困擾，現在就不會坐在這裡了。我很高興。老實說，我一直很想見妳，但因為聯絡不到妳，所以只能作罷。」

「那就太好了。」知理子露出潔白的牙齒，「因為我一直很擔心貿然約當紅作家出來會不會很失禮。」

「當紅？這是在諷刺有一年多沒有推出新作品的作家嗎？」

「你應該正在構思吧，真期待你的下一部作品。」

「妳有看我的書？」

「當然，」知理子點了點頭，「我看了你所有的作品。」

「那真是太榮幸了。」

調酒師送來了香檳，峰岸欣賞著無數氣泡在琥珀色的液體中跳動，然後拿起了杯子，「慶祝我們多年後的重逢。」

「也要慶祝相隔十年的情人節。」知理子舉杯和他碰了杯。

峰岸喝著香檳，用眼角瞄向知理子。她穿著藏青色洋裝的身材看起來和十年前幾乎沒有改變，她才三十出頭，正準備邁向女人真正的成熟。

一個身穿黑衣的男人拿著菜單走過來。

「你有沒有什麼不吃的東西？」知理子打開菜單後問峰岸。

「不，我不挑食。」

「那我來點菜好嗎？」

「當然沒問題。」

「那……」她開始點菜。這家餐廳似乎有情人節特別套餐。

「今天晚上由我請客。」黑衣的男人離開後，知理子說。

「不，那怎麼好意思呢？」

「今晚是我約你的。」

「是喔……好吧。」峰岸點了點頭，「那我就不客氣了。」

「嗯，完全不必客氣。」知理子右側耳朵上的耳環閃了一下。

峰岸喝著香檳，思考著吃完晚餐後，不知道知理子有什麼打算。因為在吃飯時會喝葡萄酒，所以離開餐廳時，可能已經有了幾分醉意。那就先邀她去酒吧坐一下，問題在於之後該怎麼辦。

「啊，對了。」知理子露出好像突然想起什麼似的表情，從旁邊的椅子上拿起一個小紙袋。「今天是情人節，我竟然忘了這麼重要的事。這個給你。」她把紙袋遞向峰岸。

「啊？這是什麼？」峰岸雖然猜到紙袋裡裝了什麼，但在接過來時，還是假裝大吃一驚。紙袋裡裝的是一個四方形的禮盒，和一個粉紅色的信封。禮盒的外包裝紙上印了知名點心店的名字，他拿出來，「好久沒收到了。我已經不知道幾年沒有在情人節收到巧克力。現在連人情巧克力也收不到，『人情巧克力』這幾個字也已經落伍了。」

「但正牌女友會送你吧？」

「正牌？妳倒是想一想，如果我有正牌女友，今天晚上怎麼會和妳坐在這裡呢？」

「所以，這代表今年沒有？」

「去年也沒有，前年和再前一年也沒有。」峰岸注視著知理子的眼睛繼續說道，「和妳分手之後，就從來沒有收過任何人的巧克力，也沒有這樣的對象。」

「怎麼可能？你在騙我吧？」

「為什麼要騙妳？我說的是實話。」峰岸在說話時沒有移開視線。

「喔，是這樣喔。」知理子緩緩眨了眨眼睛，「那就姑且當作是這樣。」

「妳在懷疑嗎？那妳又是如何？我以為妳早就找到理想的對象嫁人了。」

「很遺憾，我也沒有機會遇到理想的對象。」知理子聳了聳肩，「現在也是一個人，所以坐在這裡和你見面。」

「是嗎？對了，這裡面好像還有信。」峰岸看著紙袋內說。

「信上寫了我目前對你的感覺，是我這十年來的想法。」

「是喔，聽起來好可怕啊。」峰岸伸手準備拿那封信。

「你現在不要看，我會很害羞，等一下再看，拜託。」

她合著雙手說，語氣中有一絲撒嬌的感覺。

「好吧。」峰岸說完，把手從紙袋裡拿出來，內心偷笑著，今晚會是一個美好的夜晚。

2

峰岸在十年前認識津田知理子。他在大學時代參加了一個社團，那個社團在夏天舉辦各種海上活動，冬天一起享受冬季運動，所以很受歡迎，社團成員也很多。她正是峰岸在社團認識的學妹。

峰岸雖然已經畢業多年，但有時候會參加每年一度的校友會。雖說是校友會，不過大部分參加者都是社團目前的成員。峰岸參加的目的是為了那些女生，只要有自己喜歡的類型，就會主動上前互留電話。

當然有順利的時候，也有不順利的時候。但是那一年，峰岸小有自信。因為他在前一年獲得了推理方面的文學新人獎，正式踏入文壇成為作家。很多作家得了該獎後成為知名作家，也很受矚目。他猜想在校友會上，自己會成為討論的焦點。

但實際參加校友會後，大失所望地發現並沒有人熱烈討論。雖然並不是不知道他得獎的事，只是好像沒人知道那個獎有多厲害，而且他分析應該還有人心生嫉妒。

只有知理子主動接近他。她五官標緻，整個人感覺很有氣質，身材也很好。其實峰岸也早就注意到她了。

她知道峰岸得獎的事，雙眼發亮地讚不絕口。一問之下才知道，原來她很喜歡看推理小說。他們一拍即合，當場互留了電話，當然也約定了日後要再見面。

知理子之前就加入了這個社團，但她去美國一年，在這段期間，當然無法出席社團的活動。雖然她參加了前一年的校友會，只不過峰岸那次剛好缺席。

之後，他們開始交往。峰岸覺得知理子沒有男朋友簡直就是奇蹟，他相信一定有很多人追求知理子，但她應該看不上眼。

他的得獎作品引起了廣泛的討論，接著推出的第二部作品也很暢銷。於是，峰岸辭職專心當作家，他有充足的時間和知理子約會。她每天上完課就去他家，為他下廚做菜。吃完飯後，十之八九會上床，她有時候也會住在他家。峰岸經常摟著她，告訴她新小說的構思。

沒想到這種甜蜜的生活突然結束了。有一天，他突然收到了知理子的電子郵件。『我想了很多，最後決定和你分手。謝謝你陪我的這段日子，祈禱你日後也能寫出精采的作品。再見。』

峰岸完全傻眼。到底發生了什麼事？

他完全無法接受，打電話給知理子，但知理子已經封鎖他的電話。即使傳電子郵件，她也不回覆。幾天後，她甚至把手機解約了。

知理子獨自住在女性專用的公寓，他曾經想過要去公寓前等她，或是去大學找她，但最後並沒有付諸行動。雖然他無法放棄知理子，但他的自尊心踩了煞車。更何況如果被社會大眾知道他跟蹤狂的行為，以後書會賣不出去。

峰岸完全不知道知理子之後的情況。他持續發表新作品，奠定在文壇的地位。他曾經和幾個女人交往，但因為對結婚沒有興趣，所以最後都是對方離他而去。峰岸每次都沒有任何留戀，只有知理子讓他念念不忘。每次和交往的女人分手，他就會想起知理子，不知道她目前好不好。

上個星期，某家出版社轉寄一封讀者寫來的信。責任編輯隨信附了一張便條紙，上面寫著『好像是你以前的朋友』。讀者寫給作家的信寄到出版社時，責任編輯通常都會檢查內容。

看到乳白色信封上寫的寄信人的名字，峰岸忍不住激動起來。因為信封上寫著「津田知理子」的名字。

他興奮地打開一看，知理子一手漂亮的字寫了以下的內容：

『好久不見。不知道你還記得我嗎？我是十年前曾經承蒙你照顧的津田知理子，我們參加了同一個社團，你是比我大八屆的學長。

我很擔心，你是不是至今仍然為我當年失禮的行為感到生氣。

我知道你目前在文壇的成就，真的太厲害了，我這個學妹也覺得與有榮焉。

這次提筆寫信的目的，就是希望能夠見面好好聊一聊。我也希望有機會解釋當年的事。如果你覺得事隔多年，不想再見面，我只能放棄。否則，是否可以請你撥冗見面？我知道你很忙，我會靜候佳音。』

信末寫了她的電話和電子郵件信箱。

他反覆看了好幾次，每次都忍不住激動不已。知理子似乎期待和他再見面，他大概能夠猜出其中的理由。知理子看到他成為一個成功的作家，應該很後悔當年的分手。

他立刻回覆電子郵件。之所以沒有打電話，是因為他覺得見面再談比較好，更何況十年前她不告而別，他難免想要端端架子。

信已收到，只要不和我的既定行程撞期，見面也無妨。他寄了這封內容冷淡的郵件。

知理子迫不及待地立刻回覆說，無論什麼時候、在什麼地方見面都沒關係，請務必安排時間見面。於是，峰岸在郵件上寫了幾個自己有空的時間，並說只要不離開東京，無論約在哪裡都沒關係，請知理子安排見面的地點。

知理子很快就回信，寫了二月十四日的日期，並約定在都心一家法國餐廳見面。

正中下懷。他故意把情人節這一天也寫進自己有空的日期中。如果知理子想重修舊好，一定會選這一天。

3

「——所以，我對那部作品佩服不已，你竟然能夠想到這麼有趣的情節。」知理子用刀叉吃著餐點時說道。

「聽妳這麼說，真是太高興了。那算是我頗有自信的作品，話說回來，妳真瞭解我的作品，真的全都看過了嗎？」

「我不是一開始就說了嗎？難道你以為我在說謊？」

「我以為妳只看了一兩本而已，沒想到妳竟然全都看了。」峰岸微微欠了欠身，「謝謝。」

「我才要向你道謝，因為你讓我樂在其中。」

「那我以後也要好好努力。」

今天的魚料理是嫩煎泰國蝦佐干貝慕斯。峰岸送進嘴裡，不時喝著白葡萄酒。這裡的菜美味可口，剛才的開胃菜也令人驚豔。

「妳經常來這家餐廳嗎？」

知理子微微偏著頭回答說：「沒有經常，應該算是偶爾會來。」

「妳選的這家餐廳太棒了，下次我也要帶朋友來。」

「原來你也喜歡，真是太好了。」
「這家餐廳不便宜吧。妳目前在做什麼？一直聊我的小說，我完全不知道妳的近況。」
「在公司上班，主要業務是人力派遣，被夾在不顧人死活的上司和不聽話的下屬中間，每天都累得像狗一樣。」
「是喔，不太能夠想像，我還以為妳會做更輕鬆的工作，像是當秘書，或是在飯店工作。」
「不要用十年前的印象想像我目前的情況。」知理子皺起鼻梁說，「我有一件事很在意。」
「什麼事？」
「就是《深海之門》，那部小說到底怎麼了？」
「喔。」峰岸忍不住皺起了眉頭，「妳還真是哪壺不開提哪壺，讓我想起了煩心的事。」
「那是煩心的事嗎？因為我很好奇之後的發展。」
「妳連那個也看了嗎？那是在月刊雜誌上的連載。」
「我不是說過，我看了所有的作品嗎？為什麼連載到一半就停了？原本以為你生病，但好像不是這麼一回事。是不是有什麼隱情？」

「不是什麼大事，我只是想暫停一下，重新構思後半部分的故事。」

「是這樣嗎？但你之前從來沒有這種情況吧？」

「那部作品有點特別，我一邊寫，一邊思考故事的發展，我是凡人，所以也會遇到瓶頸。」

「作家果然是辛苦的工作。」知理子嘆了一口氣，拿起酒杯。

她提到的那部連載小說從去年春天開始連載，在秋天之前還寫得很順，雖然他努力想要寫下去，但絞盡腦汁，仍然想不出之後的故事，所以最後只好暫停連載。他很不願意思考那部作品，在參加派對時，盡可能避開負責那部作品的編輯。表面上是暫停連載，但其實他打算讓它斷尾。

話說回來，知理子想聊這些事到什麼時候？還是說，只要像這樣聊自己的作品，她就感到心滿意足了嗎？如果是這樣，那就是在浪費時間。峰岸忍不住這麼想。至少必須問清楚她十年前為什麼突然不告而別。

調酒師走過來，簡單說明後，把紅葡萄酒倒進新的杯子。隨後送上烤派皮包羔羊肉。

知理子揚起嘴角笑了起來。

「我真是太幸運，應該沒有讀者能夠像我這樣和作者一起吃飯，聊小說的事。」

「是嗎？這不重要，差不多該聊聊妳的事——」

「真希望她，」她無視峰岸的話，注視著他，自顧自地說道：「真希望她也能夠體會一下。因為她也很喜歡小說，尤其是推理小說。」

「她？」

「藤村繪美，和我們加入同一個社團的藤村，我相信你應該見過她。」知理子用沒有起伏的語氣說。

藤村繪美——峰岸的腦海中浮現出這個名字，同時也清楚回想起一個女生的面容。他全身發燙，心跳加速。

「呃……」峰岸把酒杯拉了過來，但擔心手會發抖，所以並沒有拿起來，「我不記得了，是怎樣的女生？」

「和我同年，她在一年級時就加入了社團。我們是好朋友，經常一起玩。升上三年級前，我決定休學一年去美國時，她還難過得哭了。她一頭短髮，個子很嬌小，胸部超過E罩杯。你真的不記得她了嗎？」

「不，我不記得有這個人，可能在校友會上見過。」峰岸故意偏著頭說，但同時納悶為什麼知理子突然提起這件事。

「她的確沒有來參加我遇到你那一年的校友會，也沒去前一年的校友會。因為那時候她已經不在人世了。」知理子好像宣告般說完這句話，用手上的刀子用力切著羔羊肉。

「她在家裡上吊，把單桿伸縮衣架拉到最高，然後用繩子掛在上面……那是我回國幾個月前發生的事。」

峰岸倒吸一口氣。他確信知理子提起這件事絕非偶然，她說這件事，顯然有什麼目的。既然這樣，今晚的晚餐本身就可能是為了這個目的刻意安排的。

她到底有什麼目的？

「你怎麼了？不吃嗎？很好吃啊，趕快趁熱吃吧。」知理子說，她把肉一口接著一口放進嘴裡。

峰岸拿起刀叉。

「我正想吃，妳開始說這種事，說有人死掉的事，害我失去食慾。」

「這種程度的事就失去食慾？你寫的故事不是更猛嗎？沒想到你這麼神經質。」

「那是虛構的故事，」峰岸動刀子切下派皮包著的羔羊肉，送進嘴裡。如果什麼都不想，可能會覺得好吃得令人感動，但現在完全吃不出味道。他機械式地咀嚼著，好不容易才吞下去。

「繪美最後一次參加校友會，是她讀三年級的時候。那時候我在美國，你有參加那次校友會吧？社團的紀錄上有你的名字。」

「是這樣嗎？那我可能和她打過招呼。」

知理子心滿意足地點了點頭，露出嚴肅的表情，「繪美在八個月後死了。」

峰岸喝了一口紅酒，把嘴裡的肉一起吞下去。

「她既然會自殺，可能有很大的煩惱。」

知理子坐直了身體說：「我剛才有說她是自殺嗎？」

「妳不是說她在家裡上吊嗎？」

「警方的確認為是自殺，也解剖了屍體。但你應該知道，以前曾經發生過多起偽裝成上吊的謀殺案吧？」

「……妳有什麼根據認為她遭到謀殺？」

知理子注視著峰岸的臉，「因為繪美沒有自殺的動機。」

峰岸放鬆嘴角，「這種事只有當事人知道。」

「繪美當時有男朋友，雖然她沒有告訴我男朋友的名字，但我從她寄來的好幾封電子郵件中，都可以感受到她的幸福。她說和男朋友很有話聊，聽她的家屬說，她的男朋友甚至沒有參加她的葬禮。你不覺得很奇怪嗎？」

「她是不是被那個男朋友甩了，太受打擊，所以才會自殺。這麼一想，就覺得所有的事都有合理的解釋。」

「繪美沒這麼脆弱。」

「我不是說了嗎？這種事，外人無法得知。」峰岸很不耐煩，尖聲說道。他乾咳了一下，小聲地說：「對不起。」

知理子微微垂下雙眼，點點頭。

「是啊。我當時在美國，的確不瞭解繪美那時候的狀況，所以在回國之後，我努力蒐集各種線索，也請她的家人給我看了所有遺物，還去找她的朋友，打聽各種情況。」

「結果呢？」

知理子緩緩搖著頭，「沒有找到任何線索。雖然找不到她自殺的動機，但也無法找到能夠證明謀殺的證據。家裡完全沒有打鬥的痕跡，也沒有被偷走任何東西。」

「所以最後一無所獲，真是太遺憾了。」峰岸把料理送進嘴裡，他終於能夠稍微從容地品嚐味道了。

「就這樣過了一年多，我也漸漸淡忘這件事，所以去參加社團的校友會時，也能夠發自內心地樂在其中。遇到已經成為作家的學長，更是樂不可支。」知理子說完，用意味深長的眼神看著峰岸。

「我終於在妳的故事中現身了。」

「不久之後，我就和這位學長開始交往，每天都過得很開心。他善解人意，知識也很淵博，有時候會在床上告訴我小說的構想。有一次，像往常一樣聽他說著新作品的概要，有一種奇妙的感覺。因為我好像在哪裡看過相同的故事。但我告訴自己，不可能有這種事，一定是我的錯覺，所以當時並沒有說什麼。不久之後，我又突然想起這件事，覺得的確看過相同的小說，只是並不是市面上的小說，而是列印的小說。那是一位業餘作家創作的故事。她就是繪美。沒錯，她之前也寫小說，也想成為作家。」

4

調酒師走過來時沒有發出任何聲音，為峰岸的酒杯中倒了紅葡萄酒後離開了，但是，峰岸完全無意去拿酒杯。

「我忘了一件很重要的事，那就是繪美之前就在寫小說。她告訴我，她從高中時就開始寫小說，有長篇，也有短篇，還說有很多以後想要寫成小說的點子。她說，她覺得很害羞，所以之前從來沒有向任何人提過，也沒有給任何人看她的作品。我說很想看她寫的小說，雖然她有猶豫一下，但後來說可以看一篇，就給我看了一篇短篇小說。我看完之後很驚訝。因為小說的內容太有趣了。那是關於一個女高中生的故事，那個女生每到滿月的夜晚，就會忍不住說謊，結果謊言越來越大，最後引發了不可收拾的狀況。」知理子一口氣說到這裡，看著峰岸說：「和那天晚上，你告訴我的故事概要一模一樣。」

峰岸想要吞口水，但發現自己口乾舌燥。

「經常會發生不同人剛好想到相同故事的情況。」

「連情節和結局也都一樣，這只是巧合而已？」

「並不是完全不可能。」

知理子搖了搖頭。

「如果兩個作者完全沒有交集，我或許會同意你的意見，問題是這兩個人有交集，他們很可能曾經在參加校友會時見過面，你剛才也承認了這件事。既然這樣，就無法認為只是巧合而已。」

峰岸瞪著她問：「妳到底想說什麼？」

「雖然我剛才說，繪美的租屋處沒有被偷走任何東西，但其實少了一件很重要的東西。那就是她從高中時代開始寫的小說，和她用來記錄小說構思的筆記本，這些都找不到了。列印出來的小說不見了，她寫作用的筆電中，也沒有那些檔案。我得知這件事後，想到了一個可怕的可能性。」知理子用力吸一口氣，又吐出來。她的胸部緩緩起伏著，「那些東西都被凶手偷走了，這就是繪美遭到殺害的理由。凶手想要她的小說和她寫著小說構思的筆記本。」

「妳認為我是凶手嗎？」

知理子沒有回答他的問題，把刀叉一起放在盤子上。她不知道什麼時候已經把肉都吃完了，峰岸還有超過三分之一沒吃完，但他無意繼續，所以也放下了刀叉。

「繪美在你獲得新人獎的三週前遭到殺害。那時候，你應該已經知道自己投稿的作品進入最後決賽。問題在於你投稿的是怎樣的作品。根據我的推理，應該也是繪美的。當然，她並不知道這件事。如此一想，動機就更加明確了。當初你抱著輕鬆的心情投稿，沒想到竟然進入了最後決賽，你頓時亂了方寸。得獎當然是一件高興的事，但早晚會被繪美知道，她不可能默認你的行為，然而，事到如今，你又沒有勇氣說實話，所以，對你來說，繪美非死不可。」

服務生走過來，收走了主菜的餐盤。

「我覺得，」峰岸說，「今天晚上來這裡似乎是一個錯誤的決定，沒想到妳竟然和我扯這些無聊的事。雖然還沒吃完，但我先告辭了。」

「只剩下甜點而已，不再坐一下？而且，你覺得我不會把這些話告訴別人嗎？如果你有什麼話要說，不是在這裡說清楚比較好嗎？」

峰岸原本已經站起來一半，聽到知理子這麼說，又坐回椅子上。她說得沒錯。

「妳有證據嗎？妳有可以證明是我殺了她的證據嗎？」峰岸壓低嗓門問。

知理子挑起眉毛說：

「她？你竟然稱繪美『她』，而不是說『那個女生』。你剛才不是說，不記得繪美嗎？」

峰岸咬著嘴唇，皺著一張臉。他想要反駁，卻想不到可以反駁的話。

「算了，」知理子說，「那時候還沒有任何證據，但還有一線希望。那就是筆電，繪美生前用的那台筆電。雖然小說的檔案全都被刪除了，但我想到或許有辦法從硬碟中救回遭到刪除的檔案。」

「妳……救回來了嗎？」

「因為有很多步驟，所以很耗費時間。總共花了五年的時間，才終於完全救回來了，所幸作為證據的價值相當高。」

「價值？」

峰岸皺起眉頭時，甜點送了上來。是巧克力和黑櫻桃的組合。巧克力做成了心形。

「從硬碟中救回六部長篇小說和九部短篇小說，還有許多構思的點子。其中一部短篇，就是你在床上告訴我的故事；另一部長篇和你獲得新人獎的得獎作品幾乎完全一致。當我進一步詳細調查後，發現你之前發表的所有作品，都是以繪美的作品或是構思作為基礎，也有幾部作品是將她原本的短篇灌水加料後，變成長篇，雖然成果並不理想。」

峰岸低頭看著桌子，但他完全不想吃甜點。

知理子說的完全正確。

和知理子一樣，他也是在社團的校友會上認識了藤村繪美。因為繪美是他喜歡的類型，所以他主動上前攀談。繪美似乎也對他有好感，他們很快就開始交往。

交往後不久，峰岸驚訝的發現她想要當小說家。因為他的志向也是想當小說家。但是，當看了她稱為習作的作品後，更加驚訝不已。

這是二十歲左右小女生寫的嗎？峰岸感到驚愕不已。文筆很精采，書中的角色也充滿了生命力，最重要的是故事很新穎奇特，充滿推理小說的魅力，而且幾乎沒有破綻，和他之前所寫的作品簡直有天壤之別。

有一次，他趁繪美洗澡時，把她存在筆電中的「習作檔案」全都複製到自己的隨身碟上。當時他並沒有多想，只是想在自己寫小說時作為參考。

但是，回到家裡看這些作品時，無法抵抗內心產生的誘惑。他想要用其中一部作品去投稿參加新人獎。峰岸曾經多次投稿參加，但最多只能入圍第一輪。

這種想法一天比一天強烈，他終於忍不住用繪美的一部作品去投稿了。他完全沒想到會得獎，只是覺得如果能夠進入第二輪，就可以向別人吹噓。

沒想到應徵的作品竟然進入了決選，打電話通知他的編輯說，他個人認為「是最有力的作品」。

峰岸慌了手腳。事到如今，當然不可能說那不是自己寫的。

他用安眠藥迷昏繪美，用繩子勒住她的脖子時，幾乎沒有罪惡感。只要這個女人一死，她的習作檔案就屬於自己。他滿腦子只有這個想法。回想起來，也許他用隨身碟複製檔案時，這個邪惡的想法就已經開始萌芽。

他刪除繪美電腦中的所有檔案，他認為只要警方以自殺處理，就不會有人救回電腦中刪除的檔案。

峰岸注視著知理子。無論如何，都必須讓這個女人閉嘴。

「很可惜，這無法成為證據。」

「為什麼？」

「因為缺乏客觀性，即使她的電腦中有和我的作品相似的檔案，也無法證明是我偷的。搞不好是有人看了我的小說，把檔案存進那台電腦。」
知理子從容不迫地瞇起眼睛。
「那台電腦中也有一篇短篇小說，成為你兩年前發表作品的基礎。我剛才也說了，是在五年前才終於救回那些被刪除的檔案。」
「五年前。都是妳在說而已。」
「不光是我而已。」
「難道還有其他證人嗎？協助妳救回檔案的人嗎？如何證明你們沒有串通呢？」
「鑑識人員才不會串通。」知理子一字一句地說。
「鑑識人員？」
她從旁邊的皮包中拿出一疊資料放在桌上。
「如果全數影印，數量很驚人，我只帶了一部分。這是鑑識課的報告，你看一下日期，是不是五年前？」
峰岸拿起資料，封面上寫著警視廳鑑識課的文字，也有經辦人蓋章。
「這、是什麼……？」
「我不是說了嗎？是鑑識報告，上面記錄了從藤村繪美的電腦救回的檔案資料。」
「妳騙人。」

「為什麼？」

「一般人怎麼可能有這種東西？這是假的。」峰岸把資料丟在桌子上。知理子嘆了一口氣，「你可以打開剛才那個盒子嗎？」

「盒子？」

「巧克力的盒子。」

「為什麼？」

「你別問這麼多，先打開看看。」

峰岸搞不清楚是什麼狀況，從紙袋裡拿出四方形的盒子。拆開包裝紙，打開了幾乎是正方形盒子的蓋子。一看到裡面的東西，立刻慌了神，手一抖，紙盒掉在地上，原本裝在裡面的東西也掉了出來。

那是一副閃著銀光的手銬。峰岸茫然地看向知理子。她不知道拿出了什麼東西，峰岸好一會兒，才意識到那是警視廳的徽章。

「重新自我介紹一下。我是警視廳搜查一課的津田知理子。」

5

知理子撿起了地上的手銬，「不好意思，這有點沒品。」

峰岸說不出話。他的腦筋一片混亂，完全無法思考。

「所以，」她拿起桌上的資料，「這些是真的，是經過正當的程序製作的資料，在法庭上也完全沒有任何問題。」

峰岸茫然地看著她把資料放回皮包。

「沒想到妳會去當警察……」他終於發出了聲音，「妳剛才說在公司上班……負責人力派遣。」

「警察有時候會稱自己的職場是『公司』，而且我的確負責人力派遣，像是查訪或是跟監。」

峰岸鬆開領帶，他覺得呼吸困難。

「至於當警察，」知理子說，「是我從小就想要從事的職業之一，但關鍵還是繪美的事件，我希望可以親自偵破這個案子。之所以花幾年的時間才救回電腦中的檔案，是因為我花了一點時間說服上司重啟這起事件的調查。雖然我在警察學校以第一名畢業，但剛進警視廳時，上司根本不重視我的意見，吃了不少苦頭。」

知理子又說：「可以把我一開始交給你的信也拿出來嗎？」

峰岸默默從紙袋裡拿出信封，她立刻搶了過去，從裡面拿出一張折起的資料。然後攤開，出示在他面前。那是一張逮捕令。

「我要以殺害藤村繪美的嫌疑逮捕你。」知理子淡淡地說。

「等一下，我並不是凶手，我並沒有殺繪美。」

「有什麼話，去偵訊室再說。」

「妳聽我說，我的確偷了，我偷了繪美的作品，這件事我承認，我只是鬼迷心竅。我抱著好玩的心態去應徵，結果竟然得獎，我不能半途抽身。但只是這樣而已，我並沒有殺她。」

「你什麼時候刪除她電腦中的檔案？」

「在……事件發生之前。」

「繪美去世之前？如果電腦裡的檔案不見了，她一定會抓狂。」

「我想她應該沒有發現，反正我沒殺她，也沒有證據可以證明是我殺的，不是嗎？」

知理子抱著雙臂，注視著他的雙眼。

「我想問你一個問題，你能夠憑自己的能力寫小說嗎？」

「當然可以啊。」峰岸不知道她為什麼問這個問題，但還是回答了，「事實上，我也寫了好幾部小說。」

「這我知道，因為我看了你所有的作品。但是很遺憾，參考繪美的作品以外的小說，全都是失敗作品，和她的作品有天壤之別，你自己應該也發現了吧？」

峰岸不知該如何回答。知理子說得沒錯。雖然他努力靠自己創作，但每次都不順利，最近已經完全失去自信。

「你覺得我之前為什麼沒有找你？」知理子問，「五年前就已經救回了檔案，但我一直忍到今天，你知道是為什麼嗎？」

峰岸完全不知道，只能默默搖頭。

「我在等待，等你把繪美的點子完全用完的日子。到時候，你就會動那部作品的腦筋，那部禁忌作品的腦筋。」

「禁忌？」

「繪美遇害時，也在寫長篇小說，但是，你不能用那部作品，因為那部長篇小說還沒有完成。你不知道那部小說的結局，不知道繪美打算如何為故事收尾，所以你之前一直沒有使用。沒想到去年春天接到連載的工作，在你不得不寫的時候，你終於用了禁忌的手段。在開始連載時，你也許覺得自己有辦法搞定，但這種想法太天真了。繪美寫好的部分越來越少，你卻想不出要如何接下去，最後，你使出了絕招，就是停止連載的絕招。」知理子的眼睛似乎一亮，「我當然是在說《深海之門》，就是你陷入瓶頸的連載小說。」

峰岸重重地嘆了一口氣。知理子全都說對了。

「這件事和那起事件有什麼關係？」

「大有關係。在停止連載前，你所寫的內容，剛好就是繪美的小說中斷的地方。這意味著你知道她在這個世界上最後寫的內容。」

「這又——」峰岸原本想問：「這又怎麼樣？」但他隨即發現其中的問題。他知道自己臉色發白。

「你好像終於知道我想說什麼了，」知理子的嘴角露出微笑，「鑑識人員不僅救回電腦的檔案，而且還確認了檔案的製作時間。繪美最後寫那部未完成小說的時間，就是在她遇害的那天。應該是等待心愛的男友來家裡時，她坐在電腦前寫小說。既然你知道他最後寫的檔案內容，就意味著你在那天去過她家。」

「即使去過她家……」

「難道你要堅稱沒有碰她嗎？還是說，只是靜靜地看著她上吊？或是你去她家時，她已經上吊了？你沒有動她的身體，就離開了她家？你可以祈禱法官相信你的這些說詞。」

峰岸忍不住站起來，轉身打算走向門口，但隨即僵在那裡。因為有好幾個男人包圍了他，他們幾乎都是剛才坐在周圍的客人，還有剛才的調酒師。所有人都露出銳利的眼神看著他。

「這家餐廳是我爸爸開的，」背後傳來知理子的聲音，「雖然情人節的生意很好，但我告訴他情況之後，他才勉為其難地答應。」

峰岸轉過頭問：「為什麼要這麼大費周章？」

「為什麼？那還用問嗎？因為我想要為這十年來的心情乾杯慶祝啊，但是，對你來說不是也很好嗎？從此以後，你不需要再為寫不出小說而煩惱，也不用再假裝是小說家了。你是不是覺得卸下了肩頭的重擔？」

峰岸無言以對。他的確為自己犯下的案子曝光感到絕望，但內心深處也確實有這種想法。

「把他帶走。」知理子冷冷地說。

兩個強壯的男人走到峰岸的兩側，抓住了他的手臂。峰岸立刻無法動彈。

「主任，妳呢？」假扮成調酒師的男人問。

「我等一下再走，甜點還沒吃呢。」知理子說完，把巧克力送進嘴裡。

今晚獨過女兒節

1

三郎在晚上快十一點時才到家。因為他一個人住，所以透天厝的所有窗戶都沒有燈光，整棟房子都黑漆漆的。雖然每天都這樣，但今天覺得格外悲涼。他推開已經冒出鏽斑的矮門時，發出了金屬摩擦的聲音，聽在耳裡也覺得格外淒涼。

他回家後的第一件事，就是去盥洗室洗手。女兒還小的時候，他們夫妻為了以身作則開始這麼做，日子一久，就養成了習慣。不知道是否因為洗手發揮的效果，他從來沒得過流行性感冒。

他解開領帶，脫下上衣，在客廳的沙發上坐下來，頓時覺得渾身的疲累全都一下子冒出來了。雖然口很渴，但懶得走去廚房拿飲料。

他嘆了一口氣，看著旁邊的矮櫃。相框中的加奈子滿面笑容。葬禮時，也用了這張照片作為遺像。

妳覺得怎麼樣？——三郎問人在天堂的妻子。

照片中的加奈子當然不可能回答，但似乎聽到她用獨特沉穩的關西話說：「只要真穗接受就沒問題啊。」

妳很會忍耐，所以才能夠和我那個老媽相處，但是，我不希望她忍耐——

三郎回顧著今晚發生的事。雖然這麼做，可能只會讓他更憂鬱，但他是努力設法找出對女兒有利的點。

幾個小時前，他和女兒真穗一起前往都內的高級日本餐廳，因為他們約了人在那裡見面。對方不是別人，是真穗的未婚夫木田修介的父母。

老實說，三郎的心情很沉重。他在一家技術公司任職，沒什麼機會和第一次見面的人一起吃飯，所以不擅長應付這種場合，而且對方是即將成為女兒公婆的人，他當然會緊張不已。雖然他很不想去，也希望可以延期，但該來的還是來了。

更何況三郎對真穗結婚這件事也感到意外。假設真穗一輩子不嫁，恐怕也很傷腦筋，但他一直以為那是以後的事，所以第一次帶修介來見他時，他也以為他們反正一兩年之後就會分手。因為真穗以前交男朋友時都這樣。

沒想到事與願違。修介今年新年登門時，突然說他們決定結婚。三郎聽了，把喝到一半的啤酒噴了出來。

聽他們說，修介在聖誕節的晚上求婚，真穗當場答應了。對三郎來說，這簡直就是晴天霹靂。

然而，他想不到任何反對的理由，所以只能回答「喔，是喔，那真是太好了」這種蠢話。他當時一心只想著如果表現得很慌亂緊張就糗了，但事後才忍不住東想西想，越想越覺得有很多不滿。

那傢伙是什麼意思？什麼「我們決定要結婚了」！通常這種情況，不是應該低頭對家長說：「請允許我們結婚」嗎？那句話根本不是請求，只是報告而已。他沒把我放在眼裡嗎？真穗也腦筋不清楚。她不是才二十幾歲嗎？雖然離三十歲只剩沒幾年了，但還是二十幾歲。無論新聞報導還是網路新聞都說，現在的年輕人都晚婚化，二十多歲就結婚的女性不是越來越少嗎？她為什麼要急著結婚？三年前，加奈子因為蜘蛛膜下腔出血去世時，她不是還對著遺像說：「如果爸爸有什麼問題，我一定會照顧他，請媽媽不要擔心」嗎？難道那是說說而已嗎？

三郎有很多話想說，卻沒有說出口。因為他發現，說來說去，就是因為自己捨不得獨生女出嫁。

結婚的事似乎很順利。三郎直到最近才聽說。真穗大學畢業後，進入一家出版社工作，上班時間很不規則，所以她在進公司的同時就搬出去生活。雖然偶爾會打電話回來，但父女很少見面。

三郎對木田修介也不太瞭解。只知道他老家在東北，他目前在東京的醫院當實習醫生。雖然真穗好像提過他家裡的事，以及他就讀的大學，但三郎完全沒有記憶。也許是因為聽到真穗要結婚，就已經六神無主了。

所以，今天晚上去餐廳的路上，聽真穗提到木田家的情況時，他大驚失色。原來他們家經營一家在縣內也數一數二的綜合醫院，他的父親擔任院長。

「啊？他們家世這麼顯赫嗎？」三郎忍不住停下了腳步。
「我沒告訴你嗎？我記得說過啊。」
「我好像聽過他爸爸也是醫生……」
「等一下。」真穗說完，開始滑手機，然後把手機螢幕對著三郎說：「就是這個。」
螢幕上顯示了一個醫院的網站。看到建築物的外觀，三郎大驚失色。那不是普通的醫院，而是大醫院，而且看到關係企業時，更瞪大了眼睛。原來還經營老人院和幼兒園。
「喂，這是怎麼回事？他們家可是豪門啊。」
「嗯，好像是這樣。我們公司有人和他是同鄉，他也知道木田這個姓氏，說在當地是很有名的望族。」真穗用很像母親的沉穩語氣說道。
「喂喂喂，妳不要說得事不關己，我沒想到他們家這麼厲害。真傷腦筋啊，像我們這種窮人，根本高攀不上啊。」
「我們家是窮人嗎？我覺得算是小康。」
「是跟他們家相比的意思。真傷腦筋啊。」
三郎越來越不想去了，但事到如今，總不能臨陣脫逃，只能走向約定的餐廳。
三郎來到餐廳前，再度停下了腳步。因為那是他以前從來沒有踏進過的超高級餐廳，穩重的風格簡直就像是歷史劇中出現的場景。為什麼偏偏選擇這種餐廳？
「聽說木田家的人來東京時，經常來這家餐廳。」真穗說，「這家餐廳上一代的老闆和他爺爺很熟。」

三郎嘆了一口氣。還沒見面，就已經被對方的氣勢嚇到了。

和修介一起等在餐廳的，是一個個子矮小，卻氣定神閒，感覺很有威嚴的男人，和五官也有典型日本味的女人。三郎和女兒跪坐在榻榻米上打完招呼後，也入了座。

他不太記得一開始聊些什麼。對方似乎問了三郎的工作和健康，三郎也隨口回答。真穗事後沒說什麼，想必自己沒講出什麼不得體的話。

木田夫婦的打扮令三郎印象深刻。木田先生身上那套合身的西裝應該是訂製的，布料發出微微的光澤。太太穿的襯衫應該是蠶絲，三郎忍不住為她擔心，萬一吃生魚片時濺到醬油該怎麼辦。

晚餐吃到一半時，三郎終於能夠鎮定自若地聊天了。木田太太似乎察覺了這一點，聊起了兩個年輕人結婚的話題，問他對兩個年輕人結婚之後的生活有什麼想法。三郎搞不太懂她問題的意思，回答說：「我想由他們自己決定比較好。」

木田夫婦立刻眉開眼笑。

「所以，親家公也答應那件事了嗎？」木田太太問。

「那件事……？」

三郎偏著頭，不知道她在說哪件事。

「呃，」真穗在一旁插嘴，「我還沒有告訴爸爸具體的情況。」

「啊喲，這樣啊，但妳爸爸說，由你們自己決定啊。對不對？」木田太太滿面笑容看著三郎。

「呃，請問是怎麼回事？」三郎抓著頭，一臉諂媚的笑容。

木田太太對兒子說：「還是你們自己說。」

「好。」修介回答後，轉頭看著三郎。他接下來說的話，讓三郎腦袋一片空白。

修介的實習期間將滿，他們會在他實習期滿後結婚。結婚後就會回老家，在家裡經營的醫院工作。真穗當然也和他一起去。

「啊？不，但是……」三郎看著真穗，「妳的工作怎麼辦？」

「這、因為……」女兒吞吞吐吐。

「工作可能就沒辦法繼續了，」木田太太笑著說，「總不可能每天通勤上班，而且，醫生的工作很辛苦，還是需要有人照顧家裡。」

「這樣沒問題嗎？」三郎問真穗。

「嗯。」她點了點頭，似乎覺得這也是無可奈何的事。

「老家那裡，大家都引頸期盼你們回去。」木田先生說，「大家都說，希望修介趕快回醫院，否則就無法安心，他們似乎覺得我已經來日不多了。」說完，他哈哈大笑起來。

雖然之後大家繼續聊天，但三郎完全無法專心。真穗不只是結婚而已，而且還要搬去遠方。這件事讓他深受打擊。

2

不，不是這樣。三郎喝著從冰箱裡拿出來的罐裝啤酒，搖了搖頭。

自己並不是因為真穗搬去遠方這件事深受打擊。雖然令人遺憾，但如果這是她想要的結果，自己也能夠釋懷。三郎內心之所以會有難以形容的不安，是因為覺得這並不是真穗想要的結果。

真穗從小就喜歡看書，天氣好的日子，也很少出門玩，通常都在自己房間看書，所以當她想要進出版社工作時，三郎完全不感到意外。她以前就經常說，她的夢想是製作很多很棒的書。

那個夢想呢？已經放棄了嗎？她之前不是經常說，目前的工作很有趣，也很喜歡嗎？就這樣輕易放棄嗎？

三郎始終覺得，女兒是為了喜歡的男人犧牲自己。修介是長子，所以必須繼承家裡的醫院。三郎能夠理解這件事，只不過覺得沒必要一結婚就馬上回老家。他很想問，難道沒有其他可以妥協的方法嗎？

三郎也很在意木田家是當地望族這件事。晚餐結束，只剩下他一個人時，他用手機查了木田家，發現網路上有滿滿關於他們家族的資訊，當地企業有一大半都和他們家族有某種關係。

真穗一個人嫁去那裡沒問題嗎？親戚中，應該有些嘴賤的人，會不會百般挑剔從東京嫁過來的長媳？

真穗算是一個文靜的女孩子，不是那種想說什麼，就會直接說出口的個性，所以一定會配合周圍的人。如果只有短暫的期間，問題當然不大，但一直過這種生活，精神壓力不是很大嗎？修介雖然是很有禮貌，品行也很端正的年輕人，但他會保護真穗嗎？

三郎越想越鬱悶，看著牆上的月曆。二月即將結束，雖然婚禮的日期還沒決定，但他們打算在秋天結婚。

新年才剛過完沒多久，竟然就快三月了——

照這樣下去，轉眼之間，就是秋天了，然後真穗就要去遠方。

他拿著啤酒，重新坐在沙發上，打量著冷清的室內，突然想到了雛人偶。那是真穗出生的隔年，三郎的母親買給她的。在真穗讀中學之前，每年都會擺設在家裡。

過了女兒節，如果不趕快把人偶收起來，女兒就會遲遲嫁不出去——母親生前經常這麼說。早知如此，真不應該這麼快就把人偶收好。他想著這些無聊的事。

那些雛人偶放去哪裡了？

不可能丟掉。他記得加奈子去世後，曾經在整理東西時看過那些雛人偶。

三郎放下啤酒罐站起來，他的個性向來是想做什麼，就立刻付諸行動。

他打開壁櫥上方的壁櫃，看到一個熟悉的紙箱。紙箱上用麥克筆寫著『雛人偶』三個字。難得找東西時一下子就找到了。

總共有兩個紙箱，他全都搬去了客廳，擦去灰塵後，打開了蓋子。人偶和裝飾都用紙逐一包了起來，數量相當驚人。他數了一下，光是人偶就有十五具。

三郎打量著這些人偶後，突然心血來潮，想要把它們擺出來。也許這樣會讓自己心情好一些。

他首先組裝了展示架。總共有五層，鋪在展示架上的紅布依然鮮豔。

接著，他又拆開了包著人偶和裝飾的紙，所有東西的保存狀態都不差。

開始吧——

三郎想要把人偶放上展示架時停下了手。因為他不知道該如何擺設。他看了紙箱內，沒有找到像是說明書之類的東西。

他拍了一下大腿站了起來。只要看相冊就知道了。相冊裡有好幾張女兒節時拍的相片。

他從臥室拿了幾本相冊來到客廳，打開一看，發現全都是真穗的相片，幾乎沒有他們夫妻的合影。

相冊中也有女兒節的相片。真穗還是嬰兒，但還是為她穿上了和服。後方有一面鏡子，應該是為了讓她可以看到自己的樣子。真穗從懂事時開始就很愛漂亮。

三郎想到不妨乾脆看看每年女兒節的相片。每年的構圖都大同小異，只有真穗的樣子不斷改變。

三郎嘆了一口氣，忍不住想，原來還曾經有過這樣的歲月，真希望時間可以停止。

他搖了搖頭，重新開始作業。相冊上也有只拍了雛人偶的照片。他參考了相片，把人偶和裝飾放在展示架上。不一會兒就情不自禁地想起了母親。因為每年都是她負責擺設這些人偶。

三郎的母親是個堅強的女人。因為父親早逝，所以她必須邊工作，邊照顧孩子，但從來沒有聽到她叫苦叫累。她對三郎也很嚴格，只要三郎在學校的成績退步，就會挨她的罵；三郎和別人打架哭著回家時，反而被她趕出家門，因為她說：「男人就應該以牙還牙。」

對加奈子來說，她當然也是一個嚴厲的婆婆。目前住的房子是父親留下的，所以母親認為那是「我的房子」。媳婦嫁進來之後，她也理所當然地認為一切必須按自己的規矩。只要稍不滿意，就會嚴厲斥責加奈子。三郎好幾次看到母親說加奈子飯沒煮好，命令她重煮。

三郎實在看不下去，所以拜託母親不要這麼挑剔。母親立刻怒目相向地問，是不是加奈子說了什麼。即使三郎澄清說不是這麼一回事，母親仍然不相信，還罵他說：「就是因為你這麼護著她，所以她到現在還沒辦法成為像樣的家庭主婦。」

無奈之下，三郎只好偷偷向加奈子道歉。他拜託加奈子，「雖然妳應該很想搬出去，但再忍耐一下。」

「不，我沒事。」加奈子每次都微笑著點點頭。幸虧她的個性很能夠忍耐，如果不是她，換成是其他女人一定早就提出離婚了。

母親雖然很嚴厲，但對孫女寵愛有加。真穗不管說什麼，她都一口答應。這套雛人偶也是她說：「第一次女兒節，當然不能擺那種小家子氣的人偶」，然後就突然買了豪華的五層雛人偶回來。

他回想起母親和真穗一起擺放雛人偶的身影，母親發現得了胰臟癌時已經無藥可救，所以沒看到孫女的成人典禮。

母親去世後，照理說加奈子的心情應該輕鬆不少。事實上，她看起來也的確比以前快樂。沒想到這樣的日子並不長久，她毫無預警地病倒了，然後就這樣離開人世。

得知加奈子罹患了蜘蛛膜下腔出血，三郎的心情更加鬱悶。因為他聽說很多過勞的人都會得這種病，通常認為壓力是致病的原因之一。三郎不難想像加奈子多年來都承受了很大的壓力，如果真的是因為這樣，自己也有責任。

正因為如此，所以他更為真穗擔心。他又想到這件事。原本就是去一個人生地不熟的地方，再加上對方是望族，會受到很多人的矚目，受到很多束縛，必定會承受很大的精神壓力。

真可憐，難道沒有解決的方法嗎——雖然明知道想了也沒用，但他還是忍不住思考起來。

終於幾乎擺設完了，但發現缺一個配件。

照片上的天皇手上拿著細長形的牌子，但怎麼也找不到，也許遺失了。

算了——三郎打量著雛人偶，拿起了罐裝啤酒，裡面的啤酒已經不冰了。

3

幾天後，三郎和真穗一起來到都內的某家飯店。這是真穗他們考慮舉辦婚禮的候選飯店名單中的一家。今天要在這裡舉辦婚宴試吃會，真穗希望三郎陪她一起去。她預約的時候打算和修介一起來，但因為他工作很忙，無論如何都抽不出空。

三郎聽說可以吃法式料理的簡易套餐，就一口答應了。想到已經好幾年沒有和真穗兩個人單獨吃飯，不禁有點雀躍。

然而，到了飯店之後，他立刻感到失望。因為木田太太和真穗在一起。

木田太太說，上次吃飯後，聽修介提到今天試吃會的事，決定也一起來參加。

「為了讓平時很照顧我們的賓客能夠滿心喜悅地祝福他們，菜色當然很重要。年輕人不瞭解長輩的喜好，也容易疏忽一些細節問題。雖然我不想太干預他們，但這種地方必須嚴格把關。親家公，你是不是也這麼認為？」

木田太太口若懸河地說道，三郎只能不置可否地回應：「嗯，是啊。」同時也瞭解真穗請自己一起來參加試吃會的用意。她一定覺得和未來的婆婆單獨吃飯，氣氛會很尷尬。

試吃會在飯店宴會廳舉行。宴會廳內排放了圓桌，參加者都坐在圓桌旁用餐，更容易想像婚宴的感覺。三郎巡視周圍，發現有五十人左右參加。大部分當然都是年輕人，但也有看起來像是他們父母的人。得知自己不是唯一的家長，暗自鬆了一口氣。

不一會兒，菜就送了上來。第一道是開胃菜，白色餐盤上的擺盤也很高雅。送菜上來的服務生用恭敬的語氣說明了食材和烹飪方法。

「喔喔，看起來很好吃啊。」三郎拿起了刀叉。

「你剛才說是沙蝦，」木田太太抬頭看著服務生，「真的是沙蝦嗎？該不會是用白蝦吧？產地是哪裡？」

「呃，」原本落落大方的服務生頓時侷促不安起來，「不好意思，我去問一下。」說完就快步離開了。

「哼！」木田太太用鼻子噴氣，「最近有很多黑心食品，不能因為在高級飯店就大意。真穗，妳是不是也這麼認為？」

「對。」真穗點點頭，看到木田太太開動之後，她才終於拿起刀叉。她似乎覺得不能比未來的婆婆先吃，所以一直在等她。

剛才的服務生走回來。

「讓您久等了，我剛才去向主廚確認，沙蝦的產地是佐賀的有明。主廚要我轉告您，這絕對是真正的沙蝦，請安心食用。」

「是嗎？那我知道了。我原本還以為你應該能夠馬上答出產地這種問題。」木田太太邊吃邊說，表情冷漠得有點可怕。

「很抱歉，我以後會注意。」服務生深深地鞠躬。

「好，你去忙吧。」

「失禮了。」服務生轉身離開了。三郎看著他的背影，覺得他一定怨嘆自己遇到了愛找麻煩的客人。

吃完開胃菜，木田太太從皮包裡拿出記事本和筆。

「雖然員工不怎麼出色，但菜的味道倒還不錯，餐具的品味好像也馬馬虎虎。」她在說話的同時，在記事本上寫了起來。她似乎在記錄自己的評價。

之後，每上一道菜，她就自言自語著做記錄，也經常問有關食材和烹飪方法的問題。剛才的服務生一臉緊張地回答她提出的問題。三郎猜想他應該事先背下了有關這些菜色的知識，忍不住覺得他很可憐。

木田太太不光挑剔菜色和員工，還仔細觀察周圍的其他參加者。

「很多人都不懂得用餐禮儀，真不知道他們受怎樣的教育。」她皺著眉頭說。

三郎開始不安，不知道她是不是指桑罵槐批評真穗。他從來沒有教女兒用餐禮儀，因為他自己也不太瞭解。

最後是甜點和咖啡。吃完甜點，喝完咖啡，三郎喘了一口氣。

「啊，真好吃。偶爾吃法國菜也不錯。」

「還算差強人意。」木田太太也瞇起了眼睛，「也許可以算及格。」

「是嗎？話說回來，親家母對料理瞭若指掌，太佩服了。」三郎微微欠身說道。他不是挖苦，而是肺腑之言。

「也沒有啦，還有待加強。」木田太太將視線移向真穗，「真穗，妳從下個月開始也要好好努力。」

「好。」真穗回答，三郎輪流看著她們的臉。

「呃，下個月是……？」

「料理教室啊。」真穗回答。

「喔，料理……」

結婚之後，必須為丈夫下廚。這是理所當然的事，但三郎之前完全沒有想到這件事。

「那是總部在巴黎的知名料理教室，在日本各地都有分校。」木田太太說，「我在嫁去木田家之前，也曾經去那裡學做菜。」

「喔，原來是這樣。」

「要在那裡好好學，才能為全家人做好吃的菜。對不對？」

「對。」真穗回答。三郎看到女兒這麼堅強，差一點流淚。

三郎瞭解到，剛才那個服務生的狀況並非事不關己。真穗嫁去木田家之後，就必須扮演相同的角色。隨時會被品頭論足，隨時會被打分數。不光是木田太太，木田家所有親戚都會看著真穗。三郎光是想像一下，就覺得快窒息了。

4

走出試吃會的會場，木田太太要去廁所，三郎和真穗在大廳等她。
「真穗，妳真的沒問題嗎？」
「你指什麼？」
「妳真的有辦法勝任嗎？有沒有勉強自己？」
真穗嫣然一笑說：「我才沒有勉強自己。」
「但在那種人生地不熟的地方，被家世那麼顯赫的一大家子人……應該會很辛苦。」
「嗯，也許吧。」
「什麼也許啊。」
「但你不用擔心，我身上流著媽媽的血液。」
「所以很會忍耐嗎？」
「忍耐？」真穗偏著頭納悶，隨即呵呵笑了起來，「爸爸，你真的搞不清楚狀況欸。」
「什麼狀況？」
「我想你應該是指媽媽和奶奶之間的事，但媽媽並沒有忍耐。」
「是嗎？妳憑什麼這麼說？」

「因為我知道很多事啊。」
「很多事？」
「比方說，」真穗指著三郎的背後說，「那個。」
三郎轉頭看向後方，那裡擺設了巨大的雛人偶。
「雛人偶怎麼了嗎？」
「我們家以前不是也經常擺設嗎？你還記得嗎？」
「嗯，是啊。」三郎並沒有告訴真穗，自己前幾天把雛人偶拿出來了，「所以呢？」
真穗沒有回答，露出了意味深長的笑容。不一會兒，三郎看到木田太太走了過來，忍不住著急起來。
「喂，到底是什麼？趕快告訴我！」他小聲催促著。
「其他的是秘密，你自己去想。」
「秘密……喂！」
「讓你們久等了。」木田太太走過來時說道，看了看他們之後問真穗：「怎麼了嗎？」
「不，沒事。我們正在說，這裡的菜很好吃。」
「嗯，還算不差啦。」木田太太轉頭看著三郎，鞠著躬說：「今天謝謝你來陪我們。」

「不，我才要謝謝妳。」三郎慌忙回答。

真穗要送木田太太去東京車站。三郎目送她們走去計程車招呼站後，回到大廳，站在剛才的雛人偶前。

那是七層的豪華雛人偶，每個人偶和裝飾品都很大。

爸爸，你真的搞不清楚狀況欸——他很在意真穗剛才說的這句話。我到底沒搞清楚什麼狀況？

他端詳了很久，仍然找不到答案。但是，當他準備離開時，突然發現一個問題。他再度看著展示架。

果然沒錯。

三郎四處張望，想看看旁邊有沒有人。一個身穿黑色套裝的女人快步走過來問他：「請問怎麼了嗎？」看她胸前別著名牌，應該是飯店的人。她有一張小巧的嘴，很漂亮。

「這個花的位置是不是有問題？好像左右反了。」他指著從上面數下來第五層的兩端問道。左右兩側的盆栽放反了。

「您是說櫻花樹和橘樹嗎？」女人向三郎確認。

「對，櫻花樹不是應該在左側，橘樹在右側嗎？不是說『左近櫻，右近橘』嗎？京都皇宮的庭院內就是這樣的配置，所以雛人偶也模仿了皇宮的配置。」這是三郎聽母親說的，前幾天在擺設人偶時想起這件事。母親也對真穗說：「櫻花樹要放在左側，橘樹要放在右側。」

「您說得對，所以這樣設置是正確的。」

「但不是放反了嗎？櫻花樹放在右側。」三郎指著櫻花樹的盆栽說。

飯店的女性工作人員微笑著點了點頭。

「這時候說的左右，不是我們所看到的左右，而是從皇宮看出來的左右。或者可以換一種方式表達，就是對人偶來說的左右。」

「啊？對人偶來說？」三郎轉身背對著雛人偶的展示架，左右當然相反了。「啊，原來是這樣。」

「經常有人搞錯。」

「我媽媽也搞錯了，而且一直搞錯，雖然已經一把年紀了。」

「也許和年齡沒有關係，就連佐藤八郎也搞錯了。」

「佐藤八郎？」

「不是有一首女兒節的歌很有名嗎？佐藤八郎就是那首歌的作詞人。」

「是喔。他怎麼搞錯了？」

「你知道在那首歌的第三段，有一句歌詞是『紅臉的右大臣』嗎？就是這個人偶。」

飯店的女性工作人員指著放在第四層右側的人偶。人偶手持弓，揹著箭。雖然留著白色的鬍子，但臉有點紅。

「那首歌哪裡錯了……啊！」三郎張開了口。

「您瞭解了嗎？」

「因為左右相反，所以那不是右大臣，而是左大臣。」

「沒錯。我相信您看了就知道，右側的人偶上了年紀，因為在那個時代，左側比右側的地位更高。」

「是喔，所以左大臣比右大臣的地位高。」

「沒錯，但如果要認真討論，那個人偶其實並不是左大臣。」

三郎聽了她的話，忍不住瞪大了眼睛，「啊？是這樣啊？」

「請您仔細看一下，他手上不是拿著弓箭嗎？他們是負責警備的武官，比左大臣和右大臣的地位低。」

「原來是這樣啊，我完全不知道。」

「雖然現在因為那首歌太有名了，所以大家都稱之為右大臣和左大臣。」女性工作人員笑著把視線移向上方，「其實，佐藤八郎還犯了另一個大錯誤。」

「啊？是什麼錯誤？」

「就是那句『天皇和皇后』的歌詞，其實不是這麼叫，正確的名稱是男雛和女雛，兩者統稱為內裡雛。」

「喔，是喔。我第一次聽說，之前一直以為是天皇和皇后。」

「歌曲的影響很可怕。聽說佐藤八郎之後發現自己犯下的錯誤，感到後悔不已，結果一輩子都討厭那首歌。」

「是喔，雖然很可憐，但也很有趣。」三郎打量著男雛和女雛說道，然後發現不太對勁的地方。

「咦？奇怪，妳剛才說，左側比右側的地位高，但男雛在我們看過去的左側，對人偶來說，他坐在右側。這是怎麼回事？」

「您注意到重點了。」女性工作人員輕輕搖著右手，「您說得對，所以以前都將男雛放在左側，目前像是京都等地仍然這麼放。」

「為什麼會換位置呢？」

「那是受到大正天皇的影響。日本最先舉行婚禮的就是大正天皇，當時他站在右側，聽說之後雛人偶就開始這麼擺。」

「原來是這樣，妳瞭解得真詳細，簡直就是雛人偶博士。」三郎注視著那個女性員工的臉說。

她苦笑著搖了搖手。

「沒這回事，我只是臨時抱佛腳。每年到了這個時期，就會重新複習一下。」

「即使這樣也很厲害。順便請教妳一個問題，男雛手上拿的是什麼？看起來像是細長形的牌子。」

「喔，那是笏。」

「護？」

她從口袋裡拿出記事本，用原子筆寫了起來。

「這樣寫。」

上面寫了『笏』這個字。

「據說以前朝廷在處理公務時，會在上面貼一些便條紙。其實就是小抄。之後就用來作為儀式的裝飾。」

她的說明清楚明瞭，完全不像是臨時抱佛腳。

「是這樣啊。」三郎抬頭看著男雛，覺得家裡的人偶還是應該要有笏。

5

三郎回家後洗完手，走進了客廳。他最先確認了雛人偶，櫻花樹和橘樹的盆栽果然和飯店的相反。

怎麼回事？原來錯了這麼多年——

他立刻把兩盆盆栽換位置，他又確認了左大臣和右大臣，但和飯店的人偶不同，家裡的這兩個人偶沒有太大的差別。

他看向男雛。果然沒有拿笏，看起來就有點美中不足。

原本裝人偶的紙箱還放在外面，三郎又檢查了一次，發現有什麼東西從原本包人偶的紙中掉下來。撿起來一看，正是笏。前幾天找了半天都沒找到，沒想到今晚一下子就發現了。

他拿起男雛，把笏塞進男雛的手裡。人偶的右手上有一個讓他拿笏的洞，只要插進這個洞裡就沒問題了。

但是，笏塞不進洞裡。三郎覺得奇怪，檢查了手上的笏，終於瞭解了原因。因為上面不知道黏了什麼東西，仔細一看，好像是黏膠。

這種地方為什麼會有黏膠？

三郎又檢查了人偶，發現左手上也有黏膠的痕跡。這到底是怎麼回事？

他回想著剛才那位女性工作人員的話，其中有沒有可以解開這個疑問的線索？

他突然靈光一閃。三郎拿起還沒有收起來的相冊，尋找女兒節的相片。

果然沒錯。每張相片上的男雛都是左手拿著笏。因為人偶原本的設計是右手拿笏，所以看起來就很不對勁。也就是說，曾經有人用黏膠讓男雛左手拿笏。

到底是誰？不可能是母親，真穗也沒有動機做這種事。由此可見，只有一個人。

三郎盤腿坐在雛人偶前，思考良久後，終於忍不住笑了起來。

是喔，原來是這麼一回事。

加奈子是在京都出生、長大，她不可能不知道「左近櫻、右近橘」這件事。她應該發現三郎的母親放雛人偶的位置有誤，然而，她並沒有糾正婆婆。為什麼？因為可能覺得不想讓婆婆不開心，然而，也許還有其他想法。

三郎繼續翻著相冊，發現了幾張照片，更確信自己的想法無誤。

每年的女兒節，真穗都盛裝打扮後留下了紀念照，其中必定有一張是站在鏡子前拍的。仔細一看，發現照片中拍到了雛人偶。因為是從鏡子中反射的，所以左右剛好相反。

因為相反，所以櫻花樹和橘樹的位置正確，男雛和女雛的位置也相反。

以前都將男雛放在左側，目前像是京都等地仍然這麼放——三郎的耳邊響起飯店那位女性工作人員說的話。

也許在真穗出生後的第一個女兒節，加奈子很想要擺設京都式的雛人偶，但三郎的母親逕自買了回來。而且當然買了關東式的雛人偶，男雛放在面對人偶時的左側。

在擺設時，發生了意想不到的事。櫻花樹和橘樹放反了。加奈子見狀，猜想應該是婆婆搞錯了。於是，她就用黏膠把男雛的笏換到了左手。這只是很微小的差異，三郎的母親不會發現。

到了女兒節的當天，在慶祝之後，就拍照留念。但加奈子還有一個秘密的慣例節目。那就是讓真穗站在鏡子前拍照，鏡子必須照到雛人偶。因為對加奈子來說，那才是正確的擺設方法，這是她出生、長大的京都傳統擺設方法。

看到孫女坐在自己買的雛人偶前，三郎的母親一定感到心滿意足，但加奈子看到這樣的婆婆，或許在心裡對她吐舌頭。媽媽，妳的擺設左右相反了，鏡子中的擺設才正確。

三郎看著客廳的矮櫃，和相框中的加奈子四目相接。

「妳還真有兩下子。」他脫口說道。

真穗說的話在耳邊響起。爸爸，你真的搞不清楚狀況欸——

原來是這麼一回事。三郎終於恍然大悟。真穗應該也看到了母親的這一面，所以才知道她並沒有忍耐。因為加奈子知道即使不忍耐，也能夠克服苦難，樂在其中的方法。

看來不必擔心。

三郎起身去拿啤酒。他要開始單獨過女兒節。

敬妳的眼眸

1

不知道是否因為週日難得是晴朗好天氣的關係，場外馬票販售站擠滿人。這棟漂亮的建築物簡直就像是哪裡的時尚大樓，我忍不住想，看來日本中央賽馬會賺了不少錢。只不過觀察出入販售站的人，就不得不感受到歲月。目前可以在網路上買馬票，特地來這裡買馬票的人，都是不上網的大叔、大嬸，或是比他們更老的世代，只不過從他們發亮的眼神中，絲毫感受不到歲月的痕跡，充滿了今天一定要大賺一票的氣勢。

我站在離擁擠的出入口有一段距離的位置，單手拿著賽馬報。腳底有點痛，是因為球鞋的鞋底磨損了嗎？這雙鞋穿了好幾年了。

我看到濱哥走了過來，瘦瘦的他穿了一套運動衣，揹了一個有點髒的背包。稀疏的頭髮三七分，頭頂如果被雨淋到，恐怕會慘不忍睹。

「小內，我剛才去買了馬票，情況怎麼樣？」濱哥小聲問道。他的大鼻孔露出一大撮鼻毛。

「我只買最有希望的那匹馬，結果輸慘了。」

呵呵呵呵。濱哥笑了起來，「那還真慘啊。」

「濱哥，你等一下要去哪裡？」

「嗯，我打算去露天居酒屋看看。」濱哥的右手上拿著罐裝啤酒，「小內，你呢？」

「我繼續在這裡堅持一下。」

「是喔，那就加油囉。一會兒見。」濱哥揮著右手走遠了。

我再度看著場外的馬票販售站，還是有人不斷進進出出。看著每跑完一次，他們臉上一喜一憂的表情，簡直就像在看電視劇。

「嗨，內村！」

旁邊突然有一個聲音叫我，轉頭一看，一個身穿POLO衫，體格健壯的男人站在那裡。

「喔！」我的身體忍不住向後仰。他姓柳田，是我大學同學，畢業之後就沒見過，所以已經六年沒見了。

「好久不見啊，你在這裡幹嘛？」

柳田聽到我的問題，苦笑著說：

「我還想這麼問你呢。我和朋友有約，中途經過這裡，結果發現有一個人很像你。仔細一看，果然就是你。你一個人在這裡幹嘛？」

「還問我幹嘛，你看了不就知道了嗎？」我舉起賽馬報。

柳田皺著眉頭問：

「你迷上這種東西？你剛才和一個奇怪的大叔說話，是你朋友？」

他剛才似乎看到我和濱哥在說話。

「他是這裡的常客，來了幾次之後混熟了。」
「來了幾次？難道你沒有其他地方可去嗎？」
「不，也常去柏青哥店。」
柳田做出腿軟的動作。
「你還好吧？天氣這麼好的星期天，一個快三十歲的男人在這裡幹嘛啊。你以前讀書的時候從來不賭博啊。」
「嗯，好像是。」我抓了抓頭。這句話太刺耳了。
「你目前在做什麼工作？畢業後應該有找工作吧？」柳田看著我的頭問。他之所以會露出狐疑的表情，是因為我染了一頭淺棕色的頭髮。
「有啊，我在廣告相關的公司上班。」
「是喔。具體做什麼工作？」
「專門做類似市場調查的工作，像是在馬路上做問卷調查。」
「是喔，沒想到你做這麼不起眼的工作。」柳田說話時似乎有點高興，也許他聽到廣告業，以為是什麼多采多姿的工作。
「這個世界上有一大半工作都很不起眼。」我說。
「也許吧——啊，對了。」柳田好像想起了什麼事，「你還是單身吧？」
「很抱歉。」

「有女朋友嗎？」
「如果有，就不會在天氣這麼好的週日來這種地方了。」
「那倒是。剛好，下次有聯誼，你要不要來？」
「啊？聯誼？」我瞪大了眼睛。
「對方都是模特兒，有個原本說好要來的人來不了，我正在煩惱，不知道該邀誰。雖然有很多候補人選，但如果是同一個圈子的人，約了這個不約那個，事後不是會很麻煩嗎？如果邀好久不見的老同學，就不會有任何人說話。」
柳田冷漠的臉好像突然發出神聖的光芒。
「什麼時候？」
「下週二，在六本木。」
下一剎那，我緊緊握住了柳田的手。
「太棒了，我有空，我一定到！」我雙眼露出充滿真誠的眼神。我沒有女朋友已經快八年了。

2

那家泰國餐廳位在六本木十字路口附近，一棟五層樓大樓的五樓，店內很寬敞，有很多大桌子。柳田他們坐在最後方的桌子旁。包括柳田在內，總共有四個人。

柳田把另外三個人介紹給我認識。他們的職業各不相同，因為都是職業足球聯賽的球迷而認識的。我向他們打招呼時，輪流觀察他們的臉。雖然他們不算冷漠，但對我沒有太大的興趣。這也很正常，因為他們來這裡的目的，並不是要見我這個一頭棕髮的男人。

聯誼的那幾個女生很快就到了。五個人穿著色彩繽紛的衣服，現場的氣氛頓時熱鬧起來。而且因為是模特兒，所有人都很漂亮，身材也超好。

坐在我對面的女生在五個人中身材最嬌小，也許比一般女生的平均身高更矮。原本以為模特兒都很高，看來有各種不同身材的模特兒。

她的眼妝最令我印象深刻，她的眼珠子是棕色，應該是戴了彩色隱形眼鏡的關係，而且是瞳孔放大片。雖然有些人戴瞳孔放大片看起來像外星人，但我眼前這個女生戴起來很好看。無論是圓潤的臉頰，還是豐滿的厚唇，簡直就像是卡通中的美少女，完全是我喜歡的類型。

我盯著她看，沒想到剛好和她四目相交。原本以為她會露出不悅的表情，沒想到她對我嫣然一笑，讓我雀躍不已。

用生啤酒乾杯後，在柳田的主持下，大家開始自我介紹。先由男生進行自我介紹。有人成功地用事先準備好的笑話引起哄堂大笑，也有人想要搞笑，卻反而讓氣氛變得很尷尬。我簡短地介紹了自己。其實我不擅長談自己的事，所以並沒有炒熱氣氛，但也沒把氣氛搞僵。

接著輪到女生自我介紹。雖然她們是模特兒，但並沒有上過電視，所以口才並不好，打招呼時的態度也很冷淡。也許她們很有自信地認為，自己的優點不是談吐，而是美貌。

輪到我對面的女生了。她名叫桃華。是愛知縣人，今年二十四歲，興趣是看動畫。我聽了忍不住激動起來，因為我也超愛看動畫。

知道彼此的名字後開始自由交談，但還是由柳田主持。他好像電視上的節目主持人，逐一向每個女生發問，或是吐槽男生的發言。我想起他學生時代就很有這方面的才華。

桃華似乎對男生沒什麼興趣，一直和身旁的麻理奈聊天。麻理奈和另外三個女生也很熟，但桃華似乎和另外三個女生不太熟，所以感覺有點孤立。

「請問，」我鼓起勇氣問她，「妳喜歡哪一部動畫？」

桃華轉頭看著我。

「戀愛題材的嗎？」我繼續追問。

她毫不猶豫地回答：「戀愛題材也很喜歡，但其實所有動畫都喜歡，像是運動的題材。」

「是喔。運動題材的話，像最近的『黑子的籃球』就很不錯。」

「『黑子』真的很棒。」她笑的時候，臉上有一個酒窩。

「既然說到黑，另一部『黑執事』呢？」

「我超喜歡。」桃華雙手握拳，「塞巴斯蒂安太棒了。」她提到了那部動畫主角的名字。

「那從電玩發展出來的動畫呢？」

「我也很喜歡，像是『女神異聞錄』。」

「我去電影院看了『女神異聞錄』，我常推薦『真實之淚』。」

「嗯，那部很不錯，和電玩只有名字相同，但劇情完全不一樣。」

「那才好啊。」

「我也有同感。那你看過『命運石之門』嗎？」

「當然，喜歡動畫的人絕對不能錯過這部。」

「就是啊！」她雙眼發亮。

「喂，你們在聊什麼啊？」柳田插嘴問道。抬頭一看，所有人都看著我們。我們似乎聊得太大聲了。

當我告訴柳田，我們在聊動畫時，他無力地垂下腦袋說：

「是喔，好吧。我們好像插不上嘴，你們自己聊吧，但小聲一點。」

「好。」

獲得主持人的同意後，我們大聊特聊起來。換地方續攤時也一樣，在走出續攤那家店時，我完全沒有和其他女生聊天。桃華應該也沒有和我以外的男生聊天。

臨別時，我們互留了電話。我覺得快樂的未來在等待我，忍不住一路蹦跳著回家。

3

聯誼的一個星期後，我和桃華約在都心的一家大阪燒餐廳見面。我傳了電子郵件約她見面，她回覆沒問題。

她今天也戴了放大瞳孔的彩色隱形眼鏡，像動畫角色般的彩妝依舊無懈可擊。我忍不住自戀地想，她是不是故意迎合我。

上次從頭到尾都在聊動畫，幾乎沒問她的事。我打算今晚好好瞭解她。

首先問工作。我問她最近做了什麼模特兒的工作。

「啊，那是騙人的。」她很乾脆地這麼說。

「啊？什麼是騙人的？」

「喔，不對，並不是所有人都是騙人的，除了我以外，其他人應該真的是模特兒，只有我不是。不是有一個女生叫麻理奈嗎？我是因為她臨時拜託，才會去那天的聯誼。因為懶得解釋，所以就說我也是模特兒。」

說完之後，她又補充：「怎麼可能有這麼矮的模特兒？」

「原來是這樣啊。所以妳是做什麼工作？」

桃華喝了一大口生啤酒後，簡短地回答說：「酒店。」

「喔。」我點了點頭。她似乎在酒店上班。

「你很失望嗎？」

「不，沒這回事。我偶爾也會去啊。」

「麻理奈也和我在同一家店上班，她說光接模特兒的工作沒辦法養活自己，其他三個人好像也差不多。」

「是喔，果然不輕鬆啊。所以，地點在哪裡？」

「什麼地點？」

「那家店啊。妳上班的那家店在哪裡？」

「在六本木。」

「店名是什麼？」

桃華皺起了眉頭，「你幹嘛問這個？」

「沒有啦，我在想，下次可以去看看。」

她皺起眉頭，搖了搖手說：「不需要。」

「為什麼？我想幫妳衝業績，妳告訴我嘛。」

桃華用力嘆了一口氣，把手上的免洗筷丟在桌上。

「如果你要討論這些事，我要回家了。」

「呃……？」

「我不想離開店裡還要考慮工作的事。業績根本不重要。」

我好像惹她生氣了，所以慌忙拚命低頭道歉：

「啊，妳說的有道理。對不起，我向妳道歉，我不會再問了。」

「我又不是來拉生意的。」

「是啊，真的對不起。」我在臉前合起雙手。

桃華雖然露出有點生氣的表情，但隨即拿起免洗筷，露出了笑容，好像終於轉換了心情。

「我們來聊動畫，這才是我來這裡的目的。」

「嗯，就這麼辦，就這麼辦。」

之後，我們吃著大阪燒，喝著啤酒和高球雞尾酒，大聊我們最愛的動畫。只要聊動畫，話題永遠沒有止境。

「妳真厲害啊，雖然我對動畫也很熟，但還是比不上妳。妳為什麼對動畫這麼熟？」

聊天告一段落後，我問她。

她害羞地聳了聳肩說：

「因為看動畫是我唯一的樂趣。」

「為什麼？妳不出去玩嗎？像是旅行之類的。」

「不去，因為沒有人一起去。」

「麻理奈呢？」

「我和她只有在店裡會聊天而已，上次的聯誼是特例。我不擅長和別人交往，一個人比較自在。更何況我也不喜歡出門，很累，又很花錢。」

「妳不出門買東西嗎？」

「很少，衣服和化妝品都網購，動畫的DVD也都是網購。」

「我也都是網購DVD。是喔，所以妳假日也都在家裡嗎？」

「對，中午起床之後，就一直看動畫，只有去便利商店時才會出門。」

「男朋友呢？」我假裝不經意地問了極其重大的事。

桃華搖了搖頭，「像我這樣的生活，怎麼可能有男朋友？」

「太好了。」

我故意說出來，但她沒有反應，反而問我：「內村先生，你為什麼會喜歡動畫？」

「嗯，」我低吟一聲，這個問題很難回答，「我說不清楚，硬要說的話，就是刪去法。」

「刪去法？」桃華皺著眉頭。她這個表情也很可愛。

「我原本喜歡看電影，很喜歡看真人電影，但從某個時期開始，覺得看真人電影很累，所以就改看動畫。」

「是喔，為什麼突然覺得很累？」

「為什麼呢？反正看到真人一個又一個出現，就覺得夠了。也許是因為在現實世界中看了太多人的臉，已經看到膩了。」

雖然我並沒有說笑話，但桃華聽了哈哈大笑起來。

「看人的臉看到膩了，或許真的有這回事。我可能也是覺得和真實生活中的人交往很累，所以才會被動畫吸引。」

「我們很合得來啊。」

我鼓起勇氣說，她用力點著頭。

「好像很合。如果在店裡，絕對找不到像你這樣可以輕鬆聊天的人。」

「那要不要再找一個地方續攤？」我提議。

「好啊。」桃華興致勃勃地一口答應。

4

「內村，真羨慕你啊，你也終於交到女朋友了，恭喜啊。」黑澤拉開罐裝咖啡的拉環時說。他穿了一件格子襯衫，斜揹著背包。他是我工作上的前輩。

「只有約會過幾次而已，不知道算不算是女朋友……」

我們在新宿車站附近的人行道上。去自動販賣機買了飲料後，就在那裡看著來往的路人。

「次數不重要，關鍵在於到什麼程度了。怎麼樣？」

「什麼怎麼樣？」

「你別裝蒜了，至少已經親過了吧？還是更進一步了？」

「不，還沒……」

「搞什麼嘛，還沒有嗎？你再磨磨蹭蹭，就會錯過時機。」

「雖然你這麼說，但我根本沒這種機會啊。」

「機會這種東西當然要製造啊，比方說，可以送她回家。」

「她只讓我送到離她家最近的車站。」

「怎麼回事？難不成她家裡有男人？」

「怎麼可能？她應該沒男朋友。」

「搞不好是說謊呢？」

「不，我覺得不太可能。」

「既然這樣，就代表她還不信任你，覺得你想要圖謀不軌。」

「啊？怎麼可能？」

「反正你要用各種方式進攻，加油囉。」黑澤喝完咖啡，丟了空罐之後，拍拍我的肩膀說：「那就再見囉。」

目送著前輩的背影遠去，我看到二手動畫DVD的廣告看板，打算等一下去看看。

我和桃華每週約會一次，但和以前一樣，邊吃飯邊喝酒，一起聊聊動畫而已。這樣已經很開心了，問題在於我已經漸漸沒有什麼內容可聊，必須看一些新的動畫，才能增加新的聊天內容，只不過我沒時間。

在之後的約會時，我為這件事發牢騷，桃華問我：「你每天都工作到這麼晚嗎？你說是在廣告公司上班，經常加班嗎？」

「不是加班，但經常把工作帶回家。」

「是喔，真辛苦啊。」

「幾乎已經變成習慣了，所以也不至於辛苦。只是因為這個原因，我暫時沒有新的動畫話題，對妳不好意思。」

桃華拿著叉子，搖了搖頭說：「完全不必在意。」我們今天來吃義大利料理，她的餐盤裡裝了白酒蛤蜊義大利麵。「你別放在心上，並不是非要聊動畫不可。」

「妳老家在愛知縣吧，妳父母還在那裡嗎？」

「是嗎？那今天我想聽聽妳家人的事。」

「家人？」她皺起眉頭，好像聽到了什麼陌生的字眼。

「嗯，是啊……」

「有沒有兄弟姊妹？我總覺得妳應該有妹妹。」

「兄弟姊妹……沒有。」她的表情有點黯然。

「妳經常回老家嗎？中元節和過年會回去嗎？」

桃華用力瞪著我。她今天也戴了彩色隱形眼鏡，棕色的黑眼珠很大。

「這種事沒意思，可以換一個話題嗎？」

「啊？為什麼？」

「沒為什麼，我們來聊開心的事。」

聊家人的事不開心嗎？

「喔……是喔。那好吧……」

我急忙在大腦的抽屜裡翻找，想到之前在YouTube上看到的有趣影片。我告訴了她，她也覺得很有趣。我用手機播放了那段影片，兩個人哈哈大笑。

我看著桃華的笑臉，暗自鬆了一口氣，但還是感到很奇怪。她每次都這樣，幾乎不談自己的事。每次聊到這個話題，就會很不高興。

也許她曾經有過痛苦的過去。比方說，如果在不幸的家庭環境中長大，應該不想聊老家或是家人的事。

希望她有朝一日願意告訴我。我這麼想。

走出餐廳後，我們去常去的那家居酒屋續攤。在居酒屋時，都聊一些無關痛癢的話，我小心翼翼地避開了可能會碰觸到她過去的話題。

居酒屋快打烊時，我們才離開。我說要送她回家。

桃華搖了搖手說：「不用了，我搭計程車回家。」

「那我們一起搭。」

「不用了，我們的方向相反。」

「沒關係，我想送妳。」

有空車駛來，我打算舉手攔車。桃華抓住了我的手臂。

「不用啦，我不需要。」

「不需要什麼？」

「和你在一起很開心，因為我從來沒有這樣盡情地聊動畫，但這樣就夠了，你不需要再做什麼。」

桃華的話就像一根大釘子用力刺進我的心裡，但我沒有放棄，向她靠近一步。

「但我這樣無法滿足。不瞞妳說，我喜歡妳。我想要更瞭解妳，也想幫助妳，但妳完全不願意向我敞開心房。為什麼？」

桃華一臉痛苦地緊閉雙唇，抬眼看著我說：

「這是錯覺。」

「錯覺？」

「你只是產生了錯覺，以為你喜歡我，你只是被我的外表騙了。」

「才不是。」我嘟著嘴。

桃華笑了起來。

「你只是自己沒發現而已，你把我想成動畫的女主角了。」

「我才沒有這樣。」

「有。只要我卸了妝，你就會幻滅，從夢中醒過來。我很清楚這件事。」

聽到她這麼說，我用力搖頭。

「我才沒有做夢，也不會幻滅。」

桃華雙手扠腰，很受不了地嘆了一口氣。沉默片刻後，再度看著我。

「好，那我就讓你清醒。你先轉過去。」

「啊？為什麼？」

「別問那麼多，轉過去就對了。」

我不知道桃華想要幹嘛，但還是轉過身。

「好了。」我很快就聽到她的聲音。

回頭一看，她站在那裡，和剛才幾乎沒什麼不同，但我發現有一個地方不一樣。

「怎麼樣？」桃華問我：「你是不是看出來哪裡不同了？」

「……妳把隱形眼鏡拿掉了。」

「沒錯，只是拿掉眼鏡，就很不一樣了，對嗎？我的長相很普通，也很不起眼，和動畫的女主角相比，簡直有天壤之別。怎麼樣？你現在知道了吧？有沒有清醒了？」

我無法動彈，也說不出一句話。這是我有生以來第一次這麼驚訝。我的確從夢中醒來，回到現實。

她向我走近一步。

「怎麼了？實在太幻滅，腦筋出問題了嗎？你倒是說話啊。」

我注視著桃華的眼睛深呼吸，身體才終於能夠活動。我抓住她的雙手。

「幹嘛？」她露出訝異的表情。

「遇到妳真是太好了。妳……就是我找了很久的人。」

「我說了，你不必來這套。」她想要甩開我的手，但我不放手。因為我絕對不能放手。

「我有話想要問妳。」我對她說。

5

柏青哥店前已經大排長龍，隊伍中的每個人都擺著一張臭臉，好像約好似的。這家店裝潢後重新開張，每個人都期待有機台會中獎，但在確實賺到錢之前，每個人都高興不起來。這裡的大部分人都靠打小鋼珠過日子。

我和濱哥一起慢慢走向隊伍最後方。濱哥今天也穿了一身舊運動衣，我穿著襯衫和破牛仔褲。

「小內，聽說你發現的那個酒店小姐順利被起訴了。」濱哥走在路上時說。在同一個小組中，只有濱哥會叫我小內。

「嗯，是這樣嗎？我不太瞭解之後的狀況。」我的聲音有點消沉。因為我不太願意回想起這件事。

「我剛才聽說的。真是太好了，這一個月都沒發現任何嫌犯，課長是不是也稱讚你了？」

「嗯，是啊，是沒錯啦。」

「怎麼了？你好像不太高興？喔喔，你還沒有放下嗎？不過，的確可能很受打擊，沒想到自己喜歡的女生竟然是通緝犯，簡直就像是漫畫的情節。」

「說像漫畫太過分了，至少也要說像電視劇或是小說的情節吧。」

我和濱哥邊走邊閒聊，視線看向在柏青哥店門口排隊的人，但絕對不是盯著看，不能讓對方發現有人在看他。

「聽說那個酒店妹戴了彩色隱形眼鏡。」

「對，而且是會放大瞳孔的那種，所以我原本沒發現。」

「你太嫩了，我不是常跟你說，在看相片記長相的時候，也要考慮到這種情況。尤其當嫌犯是年輕女人的時候更要注意。」

「你說得對，我還要多學習。」我發自內心深刻體會到這一點。

「話說回來，還是被你發現啦。聽說她已經整型過了。」

「是啊，除了眼睛以外，其他都完全不一樣了。」

我看著隊伍中的人，尤其是他們的眼睛，腦海中回想起那天晚上發生的事。

當我看到自稱是桃華的女人拿下隱形眼鏡時，一股電流貫穿了我的後背，接著開始在腦袋裡超快速搜尋。不計其數的大頭照閃過腦海，最後，我找到了那一張相片，相片旁寫著『山川美紀　二十七歲　盜領公款　愛知縣警岡崎警察分局』。

我向她表明身分，當場盤問她。她大驚失色，想要拔腿就跑。我當然不可能讓她逃走，然後聯絡了主任濱田副警部，請求他的支援。濱田副警部就是濱哥。

我真正的職業是警察，在警視廳搜查共助課負責緝捕在逃的通緝犯。

緝捕通緝犯必須記住被通緝嫌犯的特徵，在街頭來往的行人中找到這些通緝犯。有人覺得這簡直像在大海撈針，甚至懷疑是否真的能夠抓到通緝犯。其實緝捕歸案的比例相當高，警視廳總共有十名偵查員，每年可以逮捕四十名左右的通緝犯。

驚人的記憶力和觀察力是我們的武器。我自己動手製作的檔案中有五百名左右的通緝犯相片，同時寫滿了嫌犯的特徵和犯罪嫌疑，平日就隨時帶在身上，每天白天就用放大鏡看，然後記在腦袋裡。下班之後，也會把檔案帶回家，只要一有空就拿出來看。要特別記住眼睛。即使上了年紀，無論變胖或是變瘦，甚至有人去整型，眼睛的間隔、大小和顏色都不會改變。

當記住這些通緝犯的長相和特徵之後，就會三、四個人一組去街頭。客流量多的車站是我們主要的活動場所之一。因為很多外地犯案後遭到通緝的嫌犯認為大城市容易躲藏，所以會來東京。我們通常都會站在車站前的街角，努力融入周圍的風景中，然後守株待兔地等待出現在檔案上的人經過。無論是被烤得頭昏眼花的酷暑，還是冷得手腳凍僵的嚴寒，都必須睜大眼睛看清楚。

賽馬場和柏青哥店也是我們鎖定的目標。逃亡的嫌犯想要找錢，賭博是最快的方法。遇到柳田的那一天，我也在監視出入場外馬票販售站的人。

如果長時間無所事事地一直站在那裡，有可能會被周圍的人懷疑，所以那天我也真的買了馬票作為掩護。偵查員在聊天時，也必須配合周圍的環境，讓對話聽起來更自然。因為不知道會被誰聽到。我和濱哥故意假裝是經常出入馬場的老賭徒。柳田並沒有起疑，可見我們的演技還不差。

我們必須徹底觀察別人的臉，同時在瞬間將不斷出現在眼前的臉和腦袋裡的大頭照進行比對。這就是我們的工作。這並不是任何人都能夠勝任的工作，適任者才能被選為偵查員，然後必須接受特殊的訓練。

每天都做相同的事，即使下班之後，仍然會無意識地將遇到的人的臉和檔案進行比對。有一次，濱哥去參加親戚的婚宴，在飯店大廳發現一個看起來很像通緝犯的男人，為了確認對方到底是不是通緝犯，他跟蹤了很久。雖然最後證實的確是通緝犯，他也在非工作時間立了功，但最後卻錯過了那場婚宴。

只不過我做夢也沒有想到，自己會遇到那種事。

桃華——山川美紀的大頭照至今仍然深深烙在我的記憶中。雖然一旦逮捕到通緝犯，很希望馬上忘記，但往往無法輕易忘記。這是緝捕通緝犯的偵查員共同的煩惱。

警方以盜領公款的嫌疑，對她發出了逮捕令。她之前在愛知縣岡崎市的一家二手車公司處理事務工作，去年突然失蹤。公司方面覺得很奇怪，一查之下才知道她盜領了相當高金額的公款。

她逃亡後來到東京，進行整型手術。之後，去酒店應徵，酒店錄用了她，但應該沒有要求她提供正式的身分證明。

她住在週租公寓，難怪不讓我送她回家。我也終於瞭解她為什麼不願意談包括家人在內的過去，應該是她自己也不願意想起這些往事。

我無法想像變了臉、隱姓埋名是怎樣的生活，但我覺得應該很寂寞。雖然她之前說，她不擅長和別人交往，一個人比較自在，真相恐怕是她不得不過這種生活。一旦和別人深入交往，別人早晚會問她的過去。

我不禁想像她在週租公寓枯燥無味的房間內不停地看動畫的身影。她不想看真人電影，應該是因為會感受到自己孤立的立場，所以只想看動畫。

我心不在焉地想著這些事，濱哥戳了戳我的腰，他手上拿著手機。

「黑澤打電話來，說在附近的簡易旅館發現一個人。我們也過去。」

「好。」

當發現疑似通緝犯的人，首先必須由幾個人進行確認。如果真的是通緝犯，就會上前叫住對方，但在此之前，就必須由幾名偵查員圍住通緝犯，防止抵抗或是逃跑。我們看起來都不像是偵查員，所以很多通緝犯一開始都不相信，甚至有人以為是電視的整人節目。

我們若無其事地快步離開隊伍，不能讓隊伍裡的任何人對我們留下印象，也不能被別人記住長相。這是我們這些緝捕通緝犯偵查員的最高原則。

經過柏青哥店門口時，看到畫著動畫美少女戰士的看板。如果黑澤發現的人果真是通緝犯，今天晚上就要喝酒慶祝，難得好好看一下動畫。

山川美紀對我說了很多謊，其實我也對她說謊。但我喜歡看動畫是真的，確實是因為覺得看真人電影很累，才開始看動畫。

只要想一想就知道，我每天都要看成千上萬的人的眼睛，遠離工作的時候，當然希望從美少女英雄的非現實眼睛中獲得療癒。

出租嬰兒

1

它的皮膚像雪一樣潔白，惠里用指尖摸了它的臉頰，忍不住驚叫：「太厲害了！簡直就像棉花糖，這真的是人工皮膚嗎？」

「這是拜我們公司的最新技術所賜，我可以斷言，其他公司的商品絕對不可能有這麼好的質感。」負責接待他們的接待人員得意地張大了鼻孔。

惠里再度打量著盒子內，裡面躺著的商品名為「擬人嬰兒700–1F」，俗稱機器人嬰兒。目前穿著白色的衣服，閉著眼睛。

「目前的狀態是？」彰良問接待人員，「它閉著眼睛，已經啟動了嗎？」

「當然。」接待人員從懷裡拿出細長的緞帶，放在機器人嬰兒的鼻子前，緞帶微微晃動，代表它正在呼吸。

「它在睡覺嗎？怎樣才能醒來？」

「和真實的嬰兒一樣，只要發出很大的聲響，或是用力搖晃，它就會醒來。有時候刺激太強烈，它也會哭。」

「是喔，我可以抱看看嗎？」

「當然，這是你們的孩子。」

「啊哈哈，對喔。」惠里把雙手放在小機器人的腋下抱了起來，「哇，還滿重的欸。」

「重量是八千五百公克，設定為十個月左右的嬰兒。這是根據兩位的基因計算出來的數字。」接待人員低頭看著平板電腦說。

「是喔，小寶寶，那就請多關照囉。」惠里說話時，機器人嬰兒微微睜開眼睛，露出了可愛的笑容。

惠里為該如何度過這個夏天的長假煩惱不已。她已經厭倦了出國旅行，和老家的父親經常打視訊電話，所以也不想特地回去探望兩老。想要去玩，但無論去哪裡都擠滿了人，只會累壞自己。

她徵求了朋友的意見，朋友都說：「不如趁這個機會嘗試平時無法做的事」，可以挑戰學外語，或是學以前沒有從事過的運動。雖然這些主意也不壞，但她還是想不出來到底該做什麼。惠里的好奇心很強，想要做的事早就已經做過了，想不出任何不曾做過的事。

這時，她剛好看到了模擬育兒體驗的廣告。藉由照顧機器人嬰兒，體會一下育兒的生活是怎麼一回事。

她對竟然有人想出這麼有趣的點子佩服不已。以前經常聽到晚婚化這個字眼，如今已經被「不婚化」取代，很多人一輩子都不結婚。惠里就是其中之一。她雖然會和男人交往，但並不想要結婚。因為她找不到結婚有什麼好處。男人似乎也有相同的想法，所以至今為止，從來沒有人向她求婚。

比方說，彰良英俊瀟灑，熱愛工作，而且很有紳士風度，聊天也很有趣。他是完美情人，但惠里從來沒想過要和他一起生活。

如果結婚有什麼意義，應該就是孩子。如果要生孩子，當然要有父母。

問題是惠里也不知道自己到底想不想要小孩。既然生為女人，這輩子好像應該生一個孩子。然而，看到那些已經生兒育女的朋友，又覺得照顧孩子太辛苦。等到生了孩子之後，再後悔早知道不應該生就太晚了。

世界上應該有很多人像惠里一樣煩惱到底該不該生孩子，所以她不由得佩服生意人的頭腦。

她立刻申請，今天終於見到了機器人嬰兒。

回家之後，她立刻為它取了名字。機器人的性別是女生，惠里想了一分鐘後，決定「就叫珍珠」吧。因為它像珍珠一樣又白又圓。

「OK，就叫珍珠。」彰良也點了點頭表示同意。

珍珠開始哭鬧。

「啊喲啊喲，怎麼了？尿布濕了嗎？」惠里抬起嬰兒的下半身檢查尿布。尿布有點濕。

為了迎接今天這個日子，她事先做了不少準備。她買了尿布，也曾經想像練習，還租了嬰兒床和嬰兒車。

然而，實際開始照顧嬰兒時，發現並不如想像中簡單。因為嬰兒不是乖乖躺著不動。

「腳不要亂動。彰良，你在發什麼呆啊，幫我按住它的腳。」

彰良走了過來，用雙手抓住珍珠的腳問：「這樣嗎？」

「沒錯沒錯。」

惠里把尿布放在珍珠的屁股下方時，有什麼東西從它的屁股噴了出來，噴到惠里的臉上，差一點噴到眼睛。

「嗚哇！」她用手背擦了擦臉，終於知道臉上被噴到了什麼。「搞什麼啊！這不是糞便嗎？」

「好像是。」彰良冷冷地說道。

「好臭！怎麼會有這種東西啦！」

「因為它是嬰兒啊，嬰兒就會到處亂大便。」

「但它是機器人，根本不需要讓它真的大便啊！」

「那可不行，必須有某種程度的真實感，才能夠讓人瞭解育兒有多辛苦。而且，這並不是真正的大便，只是味道和顏色很像的東西。」

「即使這樣……」珍珠哭了起來。「吵死了！等一下！」惠里走向盥洗室。

2

臥室傳來珍珠的哭聲。它似乎醒了，但惠里正忙著準備晚餐。彰良快回來了。在租借珍珠的同時，也展開和他同居的生活。因為既然設定生了孩子，當然必須結婚。

拜託，再等我一下。惠里一邊切菜，一邊小聲嘟噥，但珍珠的哭聲並沒有停止，反而越來越大聲。那已經不是哭聲，而像是在叫喊。

惠里搖了搖頭，關掉了電磁爐的開關。雖然這樣會影響奶油燉菜的口味，但也無可奈何。她拿出連同奶瓶一起放在殺菌保溫器內保溫的配方奶，走去臥室。

珍珠哭個不停，一看到惠里的臉，哭得更凶了，好像在訴說什麼。

「乖，來喝奶奶。」惠里把珍珠抱了起來，把奶瓶的奶嘴放進它的小嘴，但珍珠不吸奶嘴，繼續放聲大哭，臉都哭紅了。

惠里皺著眉頭，「到底是怎麼回事？該不會尿布又濕了？」

她放下奶瓶，用鼻子聞著珍珠的下半身。果然沒錯，有大便的臭味。

她決定在嬰兒床上換尿布。打開尿布，發現沾滿大便，簡直就像打翻了咖哩，連屁股和腿上也都是大便。

「嗚哇，真是饒了我吧。」

她正在猶豫，不知道該如何處理尿布，珍珠突然拚命動著手腳，大便到處亂濺，弄髒了惠里的衣服和地毯。惠里忍不住感到絕望。

不一會兒，彰良就回來了。惠里一邊下廚，一邊向他說明情況。

「聽妳這麼一說，好像真的有點臭。」他用力吸著鼻子。

「我已經努力清理過了。」

惠里用力嘆了一口氣，看著機器人嬰兒。

「它睡著的時候就很可愛。」

「會不會覺得像自己的小孩？」

「這……應該不會。如果是真正的小孩，無論再怎麼哭、再怎麼大便，應該都會覺得很可愛，但照顧機器人嬰兒，還是什麼都無法瞭解真正的感覺。」

她深有感慨地說話時，珍珠突然漲紅了臉，邊睡邊呢喃著什麼。下一剎那，就聽到噗哩噗哩的排泄聲音。

惠里抱著頭。

「為什麼啊！為什麼整天大便？這個機器人的設定有問題吧！」

「不可能，嬰兒的體質和特徵是根據基因數據設計的，排便順暢應該也是基因的關係。」彰良淡淡地說明，因為他的說明很合理，所以惠里無法反駁，但反而讓她更加心浮氣躁。

「照這樣下去，我會被它搞得便秘了。」惠里垂頭喪氣地為珍珠換尿布。對嬰兒的體質來說，排便順暢是優點。雖然換尿布很麻煩，但習慣之後，就不是太大的問題。珍珠夜晚哭鬧，才是惠里最頭痛的事。

每天半夜兩點過後，珍珠就會開始哭鬧。即使餵它喝奶，或是換了尿布，它仍然哭個不停，只是不停地哭。這種時候，就只能站著抱它，像人肉搖籃一樣搖來搖去。至於搖多久珍珠才不哭，才願意入睡，要看每天的運氣。

「夜晚哭鬧也是程式設計的結果？」惠里搖著珍珠時問。

「應該是。」躺在床上的彰良背對著她回答。

幾天之後，珍珠的任性似乎越來越嚴重。

「即使抱著它，好不容易把它哄入睡了，只要一放到床上，它就會醒過來哭鬧。把它放在嬰兒車上想去買菜時，推了不到十公尺，它又哭了，結果只好一直抱著它。我完全搞不懂它到底哪裡不滿意，我到底該怎麼辦？」

「這我就不知道了。」坐在桌子對面吃早餐的彰良輕輕舉起了雙手，「對了，我今天晚上會晚回家，十點多才會到家。」

「等一下！我不是說，我已經預約了髮廊嗎？你不是答應七點之前會回來嗎？」

「臨時有工作進來，我上次不是說接到一個大案子嗎？不能只有我一個人缺席。」

「我好不容易找到一家營業到很晚的髮廊。」惠里嘟起了嘴。

彰良拿著刀叉，微微向前探出身體。

「當初決定養珍珠時，妳決定的方針不是希望我比起家庭，要以工作為優先嗎？」

的確是這樣。惠里無言以對，只能陷入沉默。

就在這時，隔壁房間傳來哭聲。

「在叫妳囉。」

「我知道！」惠里站了起來，發出了巨大的聲響。

3

照顧珍珠已經一個星期，惠里幾乎快瘋了。三不五時就要換尿布，整天都在餵奶。不僅如此，珍珠已經學會爬行，一下子咬拖鞋，一下子玩電線，必須時時刻刻盯著它。雖然這一陣子晚上哭鬧的情況稍有改善，但哭的時候仍然和以前一樣，一旦哭起來，就久久停不下來，所以惠里很少帶它外出，以免造成別人的困擾。只有買菜時不得不出門，但買菜時也都提心吊膽，不知道珍珠什麼時候會哭，根本沒辦法靜下心來慢慢挑選。

雖然很想乾脆把珍珠還回去，但這麼一來，就必須支付違約金。合約上規定，如果比當初約定的時間提前歸還時，必須根據所剩的天數支付罰款。這項規定是為了避免將育兒這件事想得太輕鬆。如果放棄育兒，機器人身上會留下痕跡，到時候也必須支付罰款。

早知道不應該租什麼嬰兒，真是做了一件蠢事——惠里在洗珍珠的內衣時這麼想著，突然發現今天都沒有聽到珍珠的哭聲。早上為它換尿布時，它也在睡覺，也沒有討奶喝。

惠里有點擔心，忍不住去房間內察看。珍珠躺在床上，但並沒有睡著，看起來渾身無力。

惠里一看到它的臉，不禁吃了一驚。它的臉比平時紅。到底是怎麼回事？惠里忍不住摸摸它的臉頰，又嚇了一跳。珍珠的臉頰很燙，用專用體溫計一量，竟然快四十度。

她慌忙拿起電話，對著電話呼叫「彰良」。平時螢幕上都會立刻出現他的臉，但此刻螢幕上出現了「會議中」這三個冷漠的字。

惠里抱起珍珠。這種時候該怎麼辦？普通的小孩生病當然要去醫院，但珍珠是機器人。

她對著電話叫了一聲：「出租嬰兒新東京店」。

當初租用珍珠時的接待人員很快就出現在螢幕上，恭敬地鞠了一躬後問：「請問有何貴事？」惠里向他說明了情況。

「是喔，原來發燒了啊。可不可以請妳帶它來這裡？這裡有專門的醫生。」接待人員的語氣很平靜，似乎在說這種情況不必大驚小怪。

話說回來，專門的醫生是怎麼回事？

惠里抱著珍珠去了出租店，接待人員立刻把她帶去名叫「醫療中心」的房間。那裡像普通的醫院一樣有候診室，有幾個女人坐在那裡等候看診，每個人都帶著小孩。

「他們在這裡只是為了營造氣氛。」接待人員在惠里的耳邊說道，「當孩子生病時，父母都希望醫生趕快為自家的孩子看診，但去醫院時，一定會等待，所以我們希望家長可以習慣這種煩躁和不安。」

原來是這樣。惠里恍然大悟。他們在細節上也都很用心。

等了三十分鐘後，終於走進了診間。一個身穿白袍的男人坐在裡面，還有一名女性護理師。

「因為發燒的關係，引起了輕微的脫水症狀。不必擔心，我會開一些治療用的藥水，請按時餵給它喝。」假扮醫生的男人有模有樣地診察珍珠的身體後，用沒有感情的聲音說道。

回家後，惠里按醫生的建議餵珍珠吃藥。雖然珍珠不想吃，費了一番工夫，但總算讓它喝下規定的量。

珍珠很快就睡著了。惠里看到它的臉色好像稍微恢復正常，不由得鬆了一口氣。她發現自己的這種心情並不是因為擔心遭到罰款時，不由得嚇了一跳。她漸漸產生了必須好好照顧珍珠，讓它健康長大的使命感。

彰良在深夜回到家。他在脫衣服時，惠里把今天發生的事告訴了他。

「是喔，原來它發燒了，辛苦妳了。」

「我聯絡不到你，當時真是急死了。」

「對不起、對不起，因為最近工作很忙。」

「你工作還是這麼辛苦。」

「雖然辛苦，但我必須努力。因為我要養妻女啊。」彰良說完，倒在床上，立刻呼呼大睡起來。惠里看著他的臉，覺得原來婚姻生活就是這樣。

隔天，彰良也一早就出門了。惠里準備餵珍珠吃藥時，躺在床上的珍珠對她笑了笑，然後用可愛的聲音叫她：「媽媽。」

4

彰良難得可以休假，他們決定帶珍珠一起出門逛街。他們推著嬰兒車，一起走在巨大的購物商場內。惠里有生以來，第一次體會這種感覺。

彰良平時整天喊累，今天心情很好，也很健談，時而說笑話逗樂惠里，時而對著珍珠扮鬼臉。

他們在兒童服裝區玩得特別開心。不時讓珍珠試穿各種衣服，看到大一點的衣服，就忍不住討論根本不可能長大的珍珠未來。

結婚可能也不錯。惠里開始這麼認為。結婚、生子，過平凡的生活。雖然之前無法想像這種快樂，但經過這種模擬體驗後，好像稍微瞭解了一些。

當他們準備走去玩具賣場時，彰良拿出電話。惠里發現他在講電話時的表情越來越嚴肅。

「不好了。」他掛上電話後說，「出了問題，我必須馬上回公司。」

「啊？這樣啊，原本還打算今天在外面吃飯。」

彰良合起雙手放在臉前。

「對不起，下次一定補償妳。」

「那也沒辦法，但今天到目前為止都很開心，所以我原諒你。」

「謝謝，那珍珠就拜託妳了——珍珠，要乖乖喔，不要讓媽媽傷腦筋。」彰良也對著嬰兒車打招呼後，快步離去。

惠里只能告訴自己，這也是無可奈何的事，推著嬰兒車走進了玩具賣場。珍珠適合怎樣的玩具呢？它還小，應該還沒辦法玩遊戲吧。

玩具賣場有一名女店員，惠里決定向她請教。

「很多這個年紀的孩子家長都會給他們買3D投影黏土。」年輕的店員回答。

「3D投影黏土？」

「就是這個。」

店員拿出一個可以投射出立體影像的小板子，用手觸碰懸在半空中的黏土影像，就自在地改變出各種形狀。

「這也可以根據孩子的成長，改變黏土的硬度。」

「是喔，真有趣。」

但惠里聽到價格後瞪大了眼睛。家長會買這麼貴的東西給嬰兒嗎？至少難以想像會買給出租嬰兒。

但如果是自己的親生孩子呢？搞不好會買。

她向店員道謝，歸還了3D投影黏土。但是，當她轉過頭時，倒吸了一口氣。

嬰兒車不見了。她四處張望，都沒有看到嬰兒車。

「珍珠！」惠里叫著它的名字，走出了賣場，看到一輛很相似的嬰兒車，急忙跑了過去，但嬰兒車旁有一位母親，嬰兒也不是珍珠。

到底去了哪裡？這輛電動式嬰兒車並不會自己活動，唯一的可能，就是被人推走了。她打電話給彰良，但螢幕上再度出現了「會議中」這幾個字。她咂著嘴，掛上電話。事到如今，只能報警了。正當她這麼想的時候，想到租借珍珠時，專屬接待員曾經對她說：「如果出租嬰兒車遭竊或是遭到毀損時，請立刻和本公司聯絡。本公司將會向警方報失竊或器物毀損。」

沒錯。這不是綁架案，不是小孩子遭到綁架，而是機器遭竊。不，目前還不知道是不是被偷，所以要報遺失嗎？

惠里收起了電話。這種事根本不重要，要先找珍珠。無論是失竊還是遺失，如果不是關係到人命，警方不會立刻採取行動。

她衝了出去，問行人是否看到一輛嬰兒車。大部分人都很親切地努力回想，然而，即使在目前的少子化時代，仍然到處可以看到嬰兒車，所以很少有人回答「沒有看到嬰兒車」。惠里根據他們提供的線索在購物中心內奔跑，但沒有找到珍珠躺在裡面的那輛嬰兒車。

一個女人向她提供寶貴的意見，建議她可以去廣播。惠里拍著自己的頭，原來還有這個好方法。她向那個女人道謝，再度跑了起來。

她衝去負責廣播的辦公室，說明情況。工作人員立刻為她廣播，請看到那輛嬰兒車的顧客通知附近的店員。

工作人員說，只要有人通報，就會立刻打電話給她，於是惠里走出了辦公室。她努力平靜激動的心情，拚命思考著。

珍珠就像真正的嬰兒，即使有壞人以為它是真的小孩，所以綁架它也並不令人意外。歹徒綁架之後會怎麼做？當然會馬上離開。

車子！惠里想到之後，立刻去了停車場。因為這個購物中心很大，所以停車場也很大，停車場內有大大小小的車子。她定睛細看周圍，沿著通道，不時穿越車子之間尋找，但偌大的停車場看起來都差不多，簡直就像迷宮。她找了一會兒，漸漸不知道自己到底身處哪裡，有時候發現自己又轉回了原地。

惠里確信，珍珠一定被帶來這裡。如果一直在賣場，一定會有人看到它。歹徒在綁架後，一定馬上帶珍珠來到這裡。絕對是這樣。

但是，歹徒帶著珍珠逃走之後呢？難道歹徒載著嬰兒車，已經上了高速公路嗎？

惠里不知道該怎麼辦，再度打電話給彰良。螢幕上立刻出現了他的臉。「怎麼了？逛街開心嗎？」他無憂無慮的表情讓惠里感到心浮氣躁。

「現在根本沒心情逛街，珍珠被人綁架了。」

「啊！」彰良露出了緊張的神情。

惠里簡單向他說明情況。

「所以我現在不知道該怎麼辦。」

「要不要通知出租嬰兒店？失竊或是遺失時——」

「你在說什麼啊？這是綁架！萬一珍珠發生意外該怎麼辦？」惠里一口氣說道。

「但是——」

「總之，你馬上來這裡，和我一起去找珍珠。」

「不，我沒辦法去，這裡的問題還沒處理完，我今天整天都必須留在公司。如果我離開，會造成很多人的困擾。不好意思，妳可不可以自己想辦法？也可以向出租店提出解約——」

「算了，不求你幫忙了！」惠里掛上電話。因為她覺得和彰良講電話就是在浪費時間。

就在這時，她聽到了嬰兒的哭聲。惠里豎起耳朵。沒錯，是珍珠。就是珍珠的哭聲。

她拚命尋找哭聲傳來的方向。哭聲傳遍整個停車場，難以分辨到底在哪裡。但惠里還是專心細聽，走向停在停車場的車子之間。因為有很多大車，所以很難看到前方。

珍珠，妳在哪裡？

她發現好像有什麼東西閃過視野角落。惠里轉頭看向那個方向，發現一輛熟悉的深棕色嬰兒車從車子之間一閃而過。

「珍珠！」惠里急忙跑了過去，然而，當她抵達那裡時，嬰兒車已經不見了。她慌張四處張望。

這時，又看到嬰兒車在不遠處滑了過去。惠里又跑了過去。這簡直就像在玩捉迷藏，但是距離越來越近。雖然不知道歹徒是怎樣的人，如果靠近，可能會遭到攻擊，但惠里已經做好了不顧一切的心理準備。只要能夠把珍珠找回來，她無所畏懼。

範圍終於縮小了。歹徒帶著珍珠似乎躲在幾輛車子的後方。最好的證明，就是她聽到哭聲就在附近。

「你、你……躲起來也沒用。」惠里雖然看不到歹徒，但還是對歹徒喊話，「趕……趕……趕快放棄……出來吧，把孩子還給我。」惠里的雙腳不停地發抖。

惠里看到嬰兒車出現在幾公尺外的車子縫隙中。她渾身緊張起來。因為她以為推著嬰兒車的歹徒也會跟著出現。

但是——

並沒有歹徒的身影。嬰兒車自己動了起來。

啊？這是怎麼回事？

惠里感到驚訝的下一秒，嬰兒車自己調轉方向，又拚命滑動起來。

「啊？怎麼回事？等一下。」她奮力追了上去。

嬰兒車沿著停車場的通道滑行，速度完全沒有放慢。如果繼續滑行，就會撞到牆壁。惠里的腦海中浮現出淒慘的情景。

在嬰兒車只差一點就撞到牆壁時，她終於抓到嬰兒車的把手。她關掉電動馬達的開關，用腳踩了煞車。她的鞋底在地上滑了一下。

當她回過神時，嬰兒車已經停下來了，離牆壁只剩下兩公尺的距離。惠里緩緩站起來，探頭看著嬰兒車內。

珍珠已經不哭了，看著惠里的臉，笑著叫了一聲：「媽媽。」

惠里緊緊抱住珍珠，放聲大哭起來。

「非常抱歉。」出租店的專屬接待員深深鞠躬道歉。

「這到底是怎麼回事？」惠里大聲問道。

「好像是嬰兒車的系統出了問題，原本裝了自動操作系統，但好像發生錯誤。以前從來沒有發生過這種情況，所以我們也很驚訝。」

「什麼意思？怎麼可以這樣！萬一我的孩子發生問題怎麼辦！」

「因為這是我方的疏失，萬一發生這種情況，會立刻免費送上替代的出租嬰兒，絕對不會造成您的困擾。」

「我說的不是這個意思！既然是育兒的模擬體驗，怎麼可以不做好安全管理呢！」

「您說得對，我立刻為您準備新的嬰兒車——」

「我才不要這種東西！以後出門我都會抱著它。」惠里說完，抱著珍珠離開了出租店。

5

歸還珍珠的日子終於到了。今天是租用的最後一天。

惠里最後一次照顧珍珠。她先餵奶，然後為珍珠換好尿布，也剪了指甲。洗完澡後，為它穿上乾淨的衣服。

雖然發生了很多事，但這段期間很充實。在這段長假期間，她已經完全適應育兒工作，而且覺得珍珠可愛得不得了。如果可以，她很不想歸還，但她知道不可能這麼做。

「沒想到一下子就結束了。」彰良說。今天他也要同行。

走出家門前，惠里緊緊抱著珍珠，又忍不住流了淚。

「怎麼樣？」來到出租嬰兒店，專屬接待員面帶笑容地問。

「我覺得是很美好的經驗，育兒真的很棒。」惠里如實表達了內心的感想。

「是嗎？我確認了機器人，瞭解到您在這段期間的照顧很出色，您馬上就可以成為母親，也一定可以成為一個出色的母親。」

「是嗎？」惠里忍不住笑了起來。雖然知道接待員有一半是在奉承，但還是不禁感到高興。

「不瞞您說，」接待員露出嚴肅的表情繼續說下去，「在您租用之前沒有事先告知，其實這個出租嬰兒系統有幾個陷阱，會讓客人接受幾次考驗。」

「考驗？」

「比方說，嬰兒突然發燒或是受傷，還有夜晚哭鬧，有時候也會突然失蹤。」

「啊！」惠里張大了嘴，「所以說，嬰兒車暴衝事件……」

「就是這樣。」接待員低下頭，「育兒並不是扮家家酒，我們希望客戶瞭解到，有孩子是怎麼一回事，需要何種程度的危機管理，同時也必須體驗一下突發狀況。雖然您當時一定感到很害怕，但這是為了達到這樣的目的，請您見諒。」

「原來是這樣，我就覺得很奇怪。」

「但是，您很冷靜，所做的一切也很有勇氣。所以我剛才說，您一定可以成為一位出色的母親。」

「當時真的不顧一切……」

「這就是母親的堅強。怎麼樣？您有沒有考慮趁這個機會擁有自己的孩子？」接待員問她。

「嗯，」惠里偏著頭，「我還是無法下定決心。」

「是因為對育兒沒有自信嗎？您絕對沒有問題。」

「我認為育兒是一件很棒的事，但要先解決生孩子之前的問題，我還不知道要不要結婚。」

「喔喔。」接待員看了惠里的身旁，「所以說，這位先生不行嗎？」

彰良坐在惠里身旁，一臉老實地坐在那裡。

「很抱歉，無法滿足妳的期待。」彰良低頭道歉。

「你不必道歉，你出色地扮演了我最初提出的理想丈夫，也很會聊天，凡事都想得很合理，對工作充滿熱情，不會因為家裡的事就丟下工作。這全都符合我的期待。在見到珍珠之前，我們設定為情侶關係交往了一陣子，我很開心，這是實話。」

「謝謝。」彰良微笑著說。

他是和出租嬰兒店契約的職業假想父親。由於有些女人想要體會模擬育兒，但目前並沒有交往的對象，所以店家為這些女性準備了現成的男人。聽說這家店總共登記了二十名假想父親，他們都有特殊的才華，會仔細分析女性的喜好，成為女性心目中的理想對象。彰良也的確是理想情人。

他每天去上班，或是正在挑戰一個大案子都只是設定的狀況。雖然他們會同床，但當然不會發生男女關係。

「對我來說，必須有丈夫的協助才能育兒，丈夫偶爾也必須犧牲工作。如果無法找到這樣的對象，目前還無法考慮下一步。」

接待員聽了惠里的話，點了點頭。身旁的彰良也點著頭。當然，今天之後，他不會再叫這個名字。

惠里的暑假新體驗結束，明天又要開始上班了。回到家，接到女性朋友的電話。對方搭太空船去宇宙旅行了三十分鐘。

「無重力體驗嗎？我前年也試過了，不怎麼好玩，風景也很單調。」

「那妳在長假期間做了什麼？」

「呵呵，好玩的事。」

惠里把這個夏天發生的一切告訴了朋友。沒想到朋友在視訊螢幕中露出誇張的驚訝表情。

「喂，妳還在說這種話？」

「什麼嘛！」

「妳都幾歲了？妳和我同年，今年已經六十歲了——」

「閉嘴！」

「什麼閉嘴啊，妳也該做出結論了。不，應該說該放棄了。」

「什麼嘛！我已經保存冷凍卵子，只要找到對象，隨時可以受精。人工子宮的技術也已經很成熟，完全沒有任何問題。」

「我認為妳不可能。妳之前就因為舉棋不定，所以到現在還沒有結婚。妳要不要接受自己的命運？」

「不，我打算在可能的範圍內繼續猶豫下去，因為我才六十歲，只活了平均壽命的一半而已。」

壞掉的手錶

1

手機螢幕上顯示了一個陌生的號碼。如果是可疑的電話，就馬上掛斷。我這麼想著，接起電話。電話中傳來一個男人的聲音。

「啊，太好了，這支電話你還在用。」

對方是A。上次見面已經是兩年前的事了。

「你還好嗎？」A問道。

「馬馬虎虎。」我回答說。

「工作呢？」

「……也還好。」

A似乎從我有點遲疑的回答中猜到些什麼，呵呵呵地小聲笑了起來。

「看來還是老樣子，人不可能輕易改變。怎麼樣？有一個不錯的打工機會，你想不想試試？和以前一樣，稍微有點危險，但我相信你聽到報酬之後就會接受了。」

「是什麼工作？」我問他。

「不是什麼困難的事，只要在指定的日子、指定的時間，去指定的房間拿一樣東西就好。就這麼簡單，房間的鑰匙在我手上。」

A說得很輕鬆，但我從之前的經驗中深刻體會到，千萬不能相信他的話。

A是地下掮客。雖然我知道他的名字，但不知道是不是真名。我在大約十年前認識他，是透過當時還存在的地下網站認識的。我在『徵求／應徵別人不想做的工作』的網站上留了幾次言，A主動找上了我。A很厲害，只要看網站上的留言內容，就可以知道對方是否適任他仲介的工作。

起初真的大部分都是簡單的工作。像是去老人家裡，用假冒的身分和名字去拿小包裹。雖然A沒有告訴我小包裹裡面裝的是什麼，但我隱約察覺到，裡面應該是現金，而且這些工作應該是詐騙的共犯。但是，我一直假裝沒有發現。

不久之後，A可能確信我願意為了錢做任何事，所以開始叫我做一些更複雜的工作。由於地下網站被人發現，警察也盯上了，他應該覺得與其找來路不明的人，還不如找已經當過車手的人更穩當。

有一次，他叫我運送一個大行李。深夜時分，在高速公路的休息站，從一個陌生男人手上接過一個差不多像冰箱那麼大的紙箱，然後交給等在數百公里外交流道的另一個人。雖然開車對我來說並非難事，只不過紙箱發出的腐臭味難忍。雖然是冬天，但我必須開著車窗開車，所以一路都很痛苦。雖然我猜到了發出腐臭味的原因，我還是努力不去想。當時，A也說得很輕鬆，說是「只要運一個箱子而已」。

他也曾經叫我幫忙打掃房間。必須在十二小時以內把房間打掃乾淨，把室內所有的垃圾都清乾淨。但他叮嚀我，絕對不能把在那個房間內看到的狀況告訴別人。

一走進那個房間，我立刻嚇了一跳。房間內到處血跡斑斑，傢俱面目全非，窗簾被撕破，燈也都被打破。雖然我可以輕易想像這裡發生過什麼事，但我努力不去想，只是默默打掃。最後總共花了超過十個小時打掃，A在事前也說「只是打掃房間而已」。

「怎麼樣？你有意接這個工作嗎？」A向我確認。

「要去拿的東西是什麼？」我問，「該不會又是大紙箱吧？」我很想再補充說：「而且還會發出腐臭味。」

「不必擔心，不是什麼很大的東西。差不多葡萄酒瓶那麼大，裝在一個細長形的盒子裡。等你拿回來之後，連同盒子一起交給我，我當場就會付報酬給你。」

A說了金額。對正在失業的我來說，的確是令人垂涎的數字。

「地點在哪裡？」

「詳細情況我也不清楚，如果你答應接，我會把你的電子郵件信箱給對方，對方直接和你聯絡。怎麼樣？你要接嗎？」

「我接。」我握緊手機回答。有了這筆錢，就不會被趕出公寓。我鬆了一口氣。因為我已經三個月沒繳房租了。

我因為盜用公款被發現，上個月被打工的居酒屋開除。我一直想要去找工作，但拖拖拉拉到今天都還沒開始。事到如今，當然不可能靠父母。如果去向他們要錢，他們一定會叫我趕快回老家。

接到電話的隔天，我在附近公園和A見面。瘦瘦的A穿著看起來很高級的西裝，和兩年前一樣，渾身散發著危險的味道。他遞給我一把嶄新的鑰匙。

「詳細的指示會用電子郵件通知你，你按指示照辦即可。其他的就拜託囉。」A說完後快步離去。他的背影似乎在說，他只是掮客而已。

和A分手大約一個小時後，我的手機接到了電子郵件。主旨是『來自委託人』。

電子郵件上寫著，兩天後下午五點到七點執行。可能屋主這個時間不在家吧。地點位在東京都內的高層公寓，要去拿一座白色雕像。如A所說，雕像似乎裝在細長形的盒子裡。電子郵件中附了雕像、盒子的相片，和標明公寓地點的地圖。雕像是一個好像穿了南美民族服裝的女人。

電子郵件最後寫道——

『留下翻找的痕跡完全沒問題，如果有值錢的東西可以拿走，最好可以偽裝成單純的竊盜。同時要留下能夠明確斷定犯案時間的線索。』

2

我在指定日期的下午五點整，用A給我的鑰匙打開公寓入口的自動門，低頭走進了玄關大門。我戴了一頂帽簷很長的帽子，避免被監視器拍到，但其實不必太在意這點。因為這是一棟相當大的高樓公寓，每天有幾百人經過，即使被拍到也沒有太大問題。只是必須小心電梯內的監視器，因為警方會根據走出電梯的樓層找人。所以，雖然我要去三十三樓，但故意在三十樓走出電梯，爬了三層樓的樓梯。

我瞭解這次工作的意義。雖然A叫我去那裡拿雕像，但其實是偷竊。不知道他用什麼方法拿到了鑰匙，然後去打了備用鑰匙。反正一定未經那房間主人同意。

委託人想要我做兩件事。第一件事當然就是那座雕像，另一件事就是製造不在場證明。委託人在電子郵件中指示，希望我留下能夠明確斷定犯案時間的線索。委託人一定想要在這個時間製造不在場證明，以免當警方調查這起竊盜案時懷疑到自己身上。

我走在走廊上，從夾克口袋裡拿出事先準備好的手套，兩隻手都戴上。我當然不能留下指紋，因為之前在違反交通規則時，多次留下了指紋。

我在那一戶前停下腳步，巡視四周，確認周圍沒有人後，把A交給我的鑰匙插進了鑰匙孔。輕輕一轉鑰匙，就聽到喀答一聲金屬鬆開的聲音。

一打開門，門內立刻亮了起來，我嚇了一跳。好像是感應器感應後，就會自動亮燈。現在很多新公寓都有這種功能，只是會讓我這種住在貧民公寓的人嚇破膽。

既然要偽裝成普通的竊盜案，我決定穿著鞋子走進屋內。我打開前方的一道門，用戴著手套的手打開了電燈開關。室內頓時亮起白色的燈光。

客廳大約有五、六坪，除了沙發和大理石的茶几，還有一台電視。客廳內沒有餐桌，平時應該就在這裡吃飯。茶几上丟著空的長方形塑膠容器，可能是吃完便利商店的便當後留下的。

通往隔壁房間的拉門拉開一半，可以看到隔壁房間。那裡好像是臥室。

我站在客廳的正中央，巡視了周圍。客廳內完全沒有任何裝飾品，完全就是「枯燥乏味」這四個字的寫照。房間的主人似乎很久沒有打掃了，地板角落積了很多灰塵。這是典型的男人獨居房間。

我大致看了一下，既沒有看到雕像，也沒有發現細長形的盒子，更沒有看到可能裝了這些東西的皮包或是收納傢俱。

房間內有幾個小衣櫃，我打開了每個衣櫃檢查，每個衣櫃內都放滿了東西。雖然為了偽裝成普通的竊盜，必須物色值錢的東西，但還是先找到委託人要的東西再說。

但即使檢查了所有的櫃子，卻沒有找到雕像。我決定去隔壁房間找。臥室內只有單人床、書桌和書架。

這個房間內也有衣櫃，我先檢查了衣櫃。但裡面掛了衣服，還有很多箱子和容器雜亂地堆在裡面。我逐一打開檢查，裡面裝的都是破銅爛鐵。

這個房間的衣櫃裡也沒有找到雕像。一看時間，已經六點多，剩下的時間不多了。我著急起來。

我檢查了床下的抽屜，但白費工夫。我坐在床上，抱起雙臂。猶豫著要不要打電話給A。一看手錶，已經六點二十分了。A和我約定，如果發生意外狀況，就要打電話給他。找不到目標的物品，應該算是意外吧。

我拿出手機，正準備打電話，立刻停下手。因為我想到還沒去廚房找過。重要的東西藏在意想不到地方的可能性相當高。

我走進廚房，首先確認了冰箱。打開三門冰箱的每扇門，都沒有發現我想找的東西。

我又去訂製的碗櫃和流理台下找了一遍，也都一無所獲。我嘆著氣，只剩下廁所和浴室沒有找過，但那裡會有藏東西的地方嗎？我偏著頭，走出廚房。

沒想到——

一個陌生男人站在那裡。

這個四十歲左右、個子矮小的男人穿著西裝，戴著眼鏡，瞪大了兩隻眼睛。他拎著紙袋站在那裡，一動也不動地看著我。

我也驚訝得動彈不得。我們兩個人相互凝視，奇妙的沉默時間流逝。不，實際上應該只有剎那而已。

男人張大了嘴尖聲問：「你是誰？在這裡幹什麼？」

我沒有回答，就直接採取行動。我壓低身體，朝他衝過去，就像打橄欖球時衝撞敵隊。我對自己的運動神經和力氣小有自信。

我們一起倒在地上。只聽到「咚」的一聲巨響。我立刻跨坐在他身上，握起拳頭，打算揍他兩三拳把他打昏。

但是，我的手停了下來。

因為他已經不動了，眼鏡下方的兩隻眼睛翻白。

很好，不需要我動手把他打昏。我才這麼想，就發現大量的血在地上擴散。

「哇啊啊啊啊！」我大叫起來。

抬頭一看，發現大理石茶几的角落沾到了血跡。他在倒下時，後腦勺撞到了茶几角。

我戰戰兢兢地把手放在男人嘴邊，他已經沒有呼吸。我拿起他的手腕為他把脈，他的心跳也已停止。

慘了。

我殺了他。

我倒退著，雙腿發軟，一屁股坐在地上。怎麼辦？必須趕快逃離這裡。正當我這麼想的時候，看到了那樣東西。

男人拎著的紙袋裡有一個細長形的盒子。

3

電話很快就接通了。「怎麼了？」A問話時的聲音沒有平時的輕鬆。

「出事了。」我對他說完後，一口氣說明情況。因為太緊張，嘴巴無法順利活動，好幾次都差點咬到舌頭。

A聽完之後，沉默片刻。我很擔心他會掛電話。

但是，A沒有這麼做，只說了一聲：「我知道了。」他的語氣太沉著，讓我有點不知所措。

「那個盒子在那裡吧？」

「對。」我看向桌上，裝了盒子的紙袋放在那裡。如果放在地上，可能會沾到血，但其實血似乎快流乾了。

「你有沒有確認裡面的東西？」

「有。就是照片上的雕像。」

「好。」A簡短的回答，「這樣也好，接下來就按原定計畫處理。」

「原定計畫……」

「就是連同盒子把雕像帶走，然後去約定的地方交給我。就是這樣。」

「屍體呢？屍體該怎麼處理？」

「不用處理，留在原地就好。」

「但是……」

「但是什麼？」

「這樣不太妙吧，會變成重大案子。」

A嘆了一口氣說：「你說得沒錯，但只是從竊盜案變成了強盜殺人案，原本就料到警方會採取行動。那個人死了，報案時間延後，反而對我們更有利。死掉的那個人是獨居的上班族，最快也要等明天之後才會有人報警。他沒去上班，所以有人會去他家，結果發現屍體。那時候，你已經在自己家裡喝酒慶祝了。」

「不會被人發現嗎？」

「為什麼會被人發現？」A用搞笑的聲音說，「沒什麼好怕的，即使警方調查被害人身邊的關係，也不會查到你的名字。你有注意監視器吧？」

「我有照你的指示去做。」

「沒留下指紋吧？」

「我一直戴著手套。」

「那就沒問題了，你趕快離開那裡，小心別留下一些奇怪的證據。」

聽A這麼一說，覺得很有道理，我的心情也漸漸平靜下來。

「那件事要怎麼辦？不是要我留下可以明確判斷犯案日期的線索嗎？」

A又用鼻子吐氣，「不是留下了很大的線索嗎？就是被害人的屍體。只要確認公寓的監視器，就可以知道他幾點回家。如今都是科學辦案，可以正確判斷死亡時間，馬上就可以查出犯案日期和時間。」

「有道理。」

「不要動一些不必要的手腳，嚴禁多此一舉，知道了嗎？」

「知道了。」說完，我掛上電話。A真是經驗豐富的老手，想到他至今為止，不知道處理過多少可怕的事，就不由得害怕。

我拿起放在桌上的紙袋，巡視四周，確認是否有什麼疏失。

最後看向屍體。雖然很同情他，但這也是無可奈何的事。我原本無意殺他。雖然不知道是什麼原因，但全怪他在不該回家的時候回家，我只是想要完成受委託的工作。為了生存，我願意做任何事。

當我看到男人戴的手錶時，忍不住感到奇怪。因為他的手錶指著六點三十分。

我看了自己的手錶，已經快六點四十分了。他的手錶慢了十分鐘嗎？

當我仔細看著他的手錶時，倒吸了一口氣。手錶的玻璃蓋上有一條裂縫。

該不會……我走近再度細看，發現秒針果然停了。剛才跌倒時的衝擊，把他的手錶撞壞了。

這下子剛好，可以明確犯案時間了。我這麼想之後，立刻想到另一件事。

我想起了很久之前看的一部電視劇。那是劇情很粗糙的兩小時推理劇，那齣推理劇中就是使用了「壞掉的手錶」這個詭計。凶手為了偽裝犯案時間，故意把被害人的手錶調到錯誤的時間，然後再把手錶打壞。當時我還想，手錶沒那麼容易打壞，如果看到打壞的手錶，反而會懷疑應該是凶手故佈疑陣。

嚴禁多此一舉——A說的話在腦海中一次又一次重播。

我戰戰兢兢地把手錶從他的手腕上拿了下來。那是老舊的機械手錶。果然停在六點三十分。我搖了搖，又敲了敲，秒針仍然沒有動。

我忍不住思考起來。如果把手錶留在這裡，警察會怎麼想？會乖乖認為犯案時，手錶剛好壞了，所以停在這個時間嗎？

不，應該不可能。我越看越覺得壞掉的手錶很可疑，充滿了不自然的感覺。用A的話來說，就是看起來像「刻意動的手腳」。如果把手錶留在這裡，警方一定會懷疑：「雖然好幾個情況證據都顯示犯案時間是六點三十分左右，但這會不會是凶手故佈疑陣？會不會並不是實際犯案時間？」

我越想越頭痛。明明沒有故佈疑陣，卻必須擔心被警方懷疑是故佈疑陣，真是太麻煩了。

最後，我把壞掉的手錶塞在夾克口袋裡。既然不想留下，就只能帶走。

我站起來，拎起紙袋，再度檢查室內後，走向玄關。

和進來時一樣，我離開時也避免被監視器拍到臉。我邊走邊回顧自己的行為，雖然沒有疏失，但還是很擔心手錶的事。

4

晚上七點半，我和A在約定的地方見面。就是我公寓附近的公園。A從盒子裡拿出雕像，心滿意足地連續點了好幾次頭。

「很好，一切都很完美。我果然沒看錯你，做事很到位，也很值得信任。」說完，他從懷裡拿出一個大信封。

我接過信封，看了裡面後倒吸了一口氣。信封裡裝滿了一萬圓的紙幣，全都是所謂「新到會割破手」的新鈔。

「這個雕像這麼有價值嗎？」

A把雕像放回盒子後，不懷好意地笑了笑，「你知道得越少越好。」

「喔……也對。」

「這對我們雙方都比較好。」

「我知道。只是沒想到會變成這樣，竟然會殺死一個人……」

A用力拍了拍我的肩膀。

「這是命。那個男人運氣不好，就是這麼簡單而已，你不必放在心上，趕快忘記吧。」

「把屍體留在那裡真的沒問題嗎？」

「沒問題，我剛才在電話中也說了，只要警方正常辦案，絕對不會查到你的名字，會先懷疑是熟人犯案，也會去查想要這個的委託人。」A高舉紙袋，「但是，委託人今天有完美的不在場證明，所以一切都會很順利。」

「警方會查出正確的犯案時間嗎？」

A聽了我的問題，身體向後一仰。

「你幹嘛擔心這個？只要別動一些不必要的手腳，不會有問題的。要相信警察。」

不必要的手腳——我按著夾克的口袋，摸著那只手錶。

「怎麼了？有什麼問題嗎？」A問我。

我猶豫著該不該告訴他手錶的事，但最後默默搖了搖頭。即使現在告訴他也解決不了任何問題。

「那就改天見。如果有好工作，我會介紹給你。那個房間的鑰匙，你負責處理掉就好。」A說完，快步離去。

我慢慢離開公園，但心裡的疙瘩還是無法消除。

我拿走屍體的手錶真的是正確的決定嗎？警方早晚會發現他的手錶不見，會不會對這件事產生疑問？搞不懂凶手為什麼會拿走並不是什麼高級品的手錶。

如果只是這樣也就罷了，問題在於還可能產生奇妙的想像。

警方也許會想到，拿走手錶，意味著時間是這起命案的關鍵。當然也可能懷疑分析出來的犯案時間，懷疑凶手可能故佈疑陣。

越想越感到不安。

要不要放回去？把手錶戴回屍體的手腕上？幸好鑰匙還在我身上，現在應該還來得及。我從口袋裡拿出手錶。

不，但是——

看著手錶指著六點三十分的時間，覺得還是很像刻意動了手腳。也許警方以為是故意偽裝成犯案時間，所以又再度覺得不能把手錶留在現場。

我舉棋不定，悶悶不樂地走在街上，不小心撞到了人。對方「哇！」地大叫一聲，差一點跌倒，我立刻抓住了他的手臂。

對方是一個乾瘦的白髮老人。「對不起。」我向他道歉。

「不不不，沒關係。」老人一臉平靜地搖了搖手，「我剛才也沒注意看。」

他正在拉下鐵捲門。我看向那家店，忍不住瞪大了眼睛。因為那是一家鐘錶店，而且是最近很少看到的老鐘錶行，『換電池免等』的紙也是手寫的。

我突然閃過一個想法。

「怎麼了嗎？」看起來像是老闆的老人問我。

我從口袋裡拿出那只手錶問：「這個可以修理嗎？」

也許是因為撞到的對象突然變成了客人，老人一臉意外地接過手錶。但是，他一接過手錶，立刻露出專業的表情仔細打量著。

「很難說，要打開看看才知道。」老人說著，拿著手錶走進店裡。我也跟著他走了進去。

老人坐在小店角落的工作台前開始作業。他戴上了有雙重鏡片的眼鏡，用工具打開了手錶的後蓋，檢查手錶內，然後自言自語地說：「喔喔，原來是這個零件鬆脫了。」

「可以修好嗎？」

「可以，應該馬上就可以修好。」

老人駝著背，認真開始修理。他固定好手錶，雙手拿起各種工具的樣子看起來很可靠。

不一會兒，老人就挺直身體，滿意地點了點頭說：「好，這樣應該沒問題了。」

「修好了嗎？」

「應該修好了，但有裂縫的玻璃要向廠商調貨。」

「秒針會走了嗎？」

「在走啊。」

「那玻璃沒問題，我趕時間。」

即使玻璃蓋子有裂縫，只要秒針會走，就沒有問題。

「是嗎？那我幫你調好時間。」老人蓋上了手錶的後蓋。

我付了錢，走出鐘錶店，急急忙忙趕去剛才的公寓。

走進房間時，忍不住有點緊張。屍體已經被人發現的不安閃過腦海，但如果被人發現，警察早就趕到了。

室內的情況和我離開時一樣，男人的屍體維持著和我最後看到時相同的姿勢倒在地上。

我用戴了手套的手，把手錶戴在他的左手上。手錶顯示了目前的時間——八點二十三分。秒針很有力地走著。

這樣就萬無一失了。我放心地離開了。

5

犯案的四天後，電視的新聞節目報導了這起事件。根據女主播的報導內容，因為死者無故曠職，再加上電話打不通，公司同事去了他家，向管理室說明情況，請人打開他房間的門，發現屍體。從監視器的影像發現，死者在前一天傍晚回到家，由於室內有被人翻動的痕跡，警方判斷死者在回家後遭人攻擊的可能性相當高。

「太好了！」我在電視前做出了勝利的姿勢。聽報導的內容，警方對犯案時間沒有產生任何疑問。如此一來，委託人的不在場證明就沒有任何問題了，A也會感到滿意。

我去冰箱裡拿了罐裝啤酒，再度盤腿坐在電視前喝了起來。我忍不住想要哼歌。

我按著遙控器，想要看其他台是否也有報這則新聞。這時，聽到門鈴發出難聽的聲音。今天沒有人會來找我，應該也不是宅配，八成是推銷員。我不理會門鈴聲，沒想到接著傳來了「咚咚咚」用力敲門的聲音，而且門外的人還叫著我的名字。

「你在家吧？請你開門，房東要我送東西給你。」門外響起一個陌生男人的聲音。

聽到這個人提起房東，我感到很納悶。因為我昨天已經付了積欠的房租。

無奈之下，我只能站起來打開門鎖，但仍然掛著門鍊。

「你好。」一個圓臉的中年男人露出迎合的笑容，有點稀疏的頭髮剪得很短。他身穿灰色西裝，雙手抱著一個盒子。
「你是哪位？」
「我剛才不是說了嗎？是房東派我來把這個交給你。」
盒子雖然不大，但也沒有小到可以從門縫塞進來。我咂了一下嘴，關上了門，拿下門鍊後，再度打開門。
「啊呀啊呀，你好你好。」圓臉男人邊說邊走了進來。
「你幹嘛？不要隨便進來。」
「有什麼關係嘛。來，這個給你。」
我接過盒子，發現很輕。我當場打開一看，忍不住張大了嘴。裡面只有一張紙。是我昨天付的房租收據。
為什麼收據會放在盒子裡？我在這麼想的同時，產生了不祥的預感。我瞪著男人，想要叫他出去。
我還來不及開口，男人不知道拿出了什麼東西。
「我有幾個問題想要問你，可以佔用你一點時間嗎？」
他拿出的是警察的徽章。
我說不出話，傻在原地，刑警看著我的身後說：
「咦？你在看電視啊，而且大白天在喝啤酒，可真悠閒啊。你該不會在看每一台的新聞節目？」

我轉過身，拿起遙控器，關掉了電視。然後面對刑警問：「有什麼事嗎？」

「我不是說了嗎？有幾個問題想要問你，先從這件事開始問起。」刑警撿起掉在地上的紙。就是剛才那張收據，不知道什麼時候掉在地上了，「你昨天付了積欠的房租。」

「不可以嗎？」

「當然可以，這很好，只是想請教你錢是從哪裡來的。因為你並沒有工作吧？卻可以一下子拿出這麼一大筆錢，誰都會覺得奇怪吧？」

「……我借來的。」

「是喔，向誰借的？」

「這不關你的事吧？這是我的隱私。」

「即使借錢給你，你也無法償還。即使這樣，仍然願意借錢給你的人簡直就是菩薩，有這種人嗎？」

「少廢話，不用你管。」

我好像在趕蒼蠅般揮著手，用混亂的腦袋試圖分析眼前的狀況。刑警為什麼會上門？難道是我突然付清積欠已久的房租，房東感到奇怪，所以去報警了嗎？但刑警不可能因為這樣就上門。

「那我再問下一個問題。」刑警把手伸進西裝內側的口袋。

前。

「我剛才不是說，有幾個問題嗎？你有沒有看過這個？」刑警把一張照片出示在我面前。

「還有其他問題嗎？」

我看到照片，立刻感到驚愕不已。因為照片上就是那座雕像。

刑警露齒一笑說：「你顯然看過。」

「不，沒有，沒有沒有。」我用力搖著手，「我從來沒看過這種東西。」

「喔，是這樣啊，但你內心是不是很想知道這座雕像的詳細情況？比方說，到底有什麼價值。」刑警把照片出示在我面前，看著我的表情。我以為自己面無表情，沒想到他用糾纏的口吻說：「看來我猜對了。」

「我完全不知道你在說什麼。」我搖著頭。

「是嗎？那我接下來說的話，就當作是我在自言自語。這座雕像很有價值，但並不是藝術品的價值，重要的是材質。這並不是普通的白色石頭，你覺得是什麼材質？」

「不知道，反正和我沒有關係。」雖然我這麼說，但還是很想知道下文。

「其實這是毒品。原本是白色粉末，用特殊的方法做成石頭般堅固。在這種狀態下，浸在水裡也不會溶化，也沒有味道，更不必擔心緝毒犬會聞出來。對想要走私的人來說，簡直太完美了。不久之前，警視廳接獲線報，說有人把它帶回日本。組織犯罪對策課立刻著手追查把這個帶回來日本的人。前天因為一件意想不到的事，查明了那個人的身分。四天前，東京都內發生了一起命案，就是那起命案的被害人。我們搜查一課的刑警，和組織犯罪對策課的人都很雀躍，覺得掌握了重大的線索。沒想到找遍死者家中，也沒有找到這座雕像，應該是被凶手拿走了。」

我無法克制自己全身冒汗。原來那座雕像是這麼可怕的東西。難怪A聽到有人死了，也露出若無其事的表情，背後一定牽涉到巨大的組織。

「由此可見，凶手知道這座雕像的內情，而且知道在被害人手上。我們發現了幾個有重大嫌疑的可疑對象，可惜每個人都有完美的不在場證明，而且這些不在場證明都完美到有點不自然的程度。犯案時間是四天前，被害人回家後的傍晚六點多到八點之間，這幾個可疑對象不是去遠方旅行，就是在公開的場合和別人在一起。於是，我們想到了另外的可能性。主謀就是這幾個可疑對象之一，不，也許所有人都以某種方式和這起命案有關係，但實際下手的另有其人。可能是和這些可疑對象沒有任何關係，追查他們的人際關係，也不可能找到的人。」

我的視線從刑警皮笑肉不笑的臉上移開，忍不住思考到底為什麼。

警察為什麼會找到我？難道我留下了什麼線索嗎？監視器並沒有拍到我的臉。不，即使看到了我的臉，也沒有理由認定我就是凶手。

「網路助長犯罪，」刑警說，「交友網站並不是只提供了陌生男女認識的機會，還讓素不相識的罪犯和罪犯、罪犯和準備犯罪的人、同樣準備犯罪的人、沒有犯罪意識的人和對藉由犯罪引起騷動樂在其中的人——總之，創造出各種不同組合的共犯關係。如果還有人居中仲介，根本無從查起，很難找到雙方的交集。」

照理說應該是這樣，A也這麼說。既然這樣，刑警為什麼會找上門——我很想問他這個問題。

「既然無法從人際關係中找到凶手，刑警的工作就變得很不起眼。」圓臉的刑警繼續說道，「只能在附近四處打聽，或是調查留在現場的物品。你知道我負責什麼嗎？我負責追查被害人回家之前去過什麼地方。因為是上面的命令，我只能遵從。老實說，我很失望。難道不是嗎？目前已經查明，被害人遇害時間是回家後。凶手可能在家裡等他，或是在被害人家裡找東西時，被害人剛好回家。無論是哪一種情況，被害人在回家之前，在哪裡做了什麼事，和這起命案根本沒有關係。我覺得自己抽到了下下籤。」

聽到刑警這麼微妙的形容，我忍不住抬眼瞄著他。他想要說，最後發現並不是下下籤。為什麼？

「但是，時間上兜不攏。那天，被害人身體不舒服，所以比平時提早兩個小時下班離開公司。具體時間是傍晚五點三十分左右。從公司到家裡，無論再怎麼快，都會超過四十分鐘。監視器證明，他在六點二十分左右回到家裡。」

刑警的話讓我更加混亂了。他五點半離開公司，花四十多分鐘回到家，六點二十分左右回家不是很自然嗎？

「你一定對我剛才說時間兜不攏產生了疑問吧？」刑警好像看透了我內心一樣說道。因為被他猜中了，所以我沒有吭氣。刑警露齒一笑。

「如果他從公司直接回家，時間上就兜得攏，但他不可能直接回家，他在回家之前，應該去了其他地方。雖然跡象顯示他去了其他地方，但他卻沒時間可以去，所以我們傷透了腦筋，只好再度開始查訪。」

「去哪裡查訪？」

刑警用力挺起胸膛，好像等待這個問題已久。

「去鐘錶店。具體來說，是修理老舊機械錶的店。我拿著被害人的相片和手錶，去問了好幾家鐘錶店。」

我覺得後腦勺好像被人用力打了一下，我雙腿發軟，癱在地上。這時我才發現原來自己剛才站著。

「為什麼去鐘錶店？」我問話的聲音很無力。

「因為，」刑警說，「手錶修好了。」

我聽不懂這句話的意思，悶不吭氣，眼神飄忽。

「聽說被害人那天一整天都在抱怨，說他早上晨跑時跌倒，把手錶弄壞了，因為打算去修理，所以戴在手上，但還是很不方便。好幾個同事都證實，他離開公司時，手錶仍然沒有修好。沒想到奇怪的是，發現屍體時，手錶竟然還在走。並不是因為偶然的原因剛好動了起來，因為手錶上的時間很正確。只有一個可能的原因，就是手錶修好了。問題在於他什麼時候去修的。因為我們一直以為只有被害人會拿去修，所以時間的矛盾讓我們傷透腦筋。但是，在一家鐘錶店聽到的情況解決了這個矛盾。因為不是被害人，而是另一個人拿了手錶去修理。」

刑警的話空虛地穿越我的腦海。我意識到自己的思考完全停止，但還是想起了壞掉手錶的錶面。六點三十分——原來那是早上的時間。

「鐘錶店的老闆清楚記得那個客人。」刑警好像在說什麼愉快的回憶，「他說好久沒有摸到機械錶，所以很高興。而且那個客人還用嶄新的一萬圓大鈔付了錢。我問他，那張一萬圓還在不在，他回答說，還在。我當然請他配合調查，把那張紙鈔帶回警局。因為是新鈔，所以請鑑識人員調查後，發現清楚地留下了指紋，也因此掌握了意想不到的重大證據。包括違反交通規則採集的指紋在內，可以輕易比對指紋，馬上就可以查出誰用了那張一萬圓的紙鈔。」

我想起付錢給鐘錶店的老闆時，我從A給我的信封中拿出了一萬圓。

「情況就是這樣，」刑警從懷裡拿出另一張照片，照片上是我的臉，那是駕照上的照片。「同時發現，就是照片上的這個人去修理手錶。調查命案發生的那棟公寓，發現長得很像的人出入好幾次。既然這樣，就必須直接向當事人瞭解情況，這就是我來這裡的原因。可以麻煩你和我去分局一趟嗎？」

我無法動彈，也無法回答，茫然地看著空中。刑警又繼續說道：

「但是，我絞盡腦汁也想不透。我剛才說，有好幾個問題想問你，但真正想知道的只有一件事。」刑警豎起了食指，「你為什麼要修那只手錶？可不可以私下告訴我？」

我抬頭看著刑警的臉，刑警的眼中充滿好奇。

為什麼要修那手錶？——我茫然地思考著該怎麼說明。

藍寶石的奇蹟

1

未玖以前一直以為自己住在一個小地方。買東西都在附近，走去學校不超過十分鐘，同學也都住在附近，經常相互串門子。走在街上，很少不遇到熟人。

但是，升上五年級後，她發現只是因為自己行動範圍太小的關係。只要稍微多走幾步，就可以發現以前從來不曾看過的世界。比方說，像是巨大的辦公大樓，或是門口有漂亮裝飾的餐廳，還有一些完全搞不清楚到底在賣什麼的商店。

她也是在五年級後才知道神社在意想不到的地方。某天放學回家時，她心血來潮地走了一條和平時不同的路。那條路只是稍微偏離車輛川流不息的幹線道路，就變得十分冷清，簡直就像時間停止流逝一般。道路兩旁是老舊的民宅，也有零星幾家小商店，但這些商店幾乎都拉上了鐵捲門。

那間神社就卡在這些房子的縫隙裡。有一座小小的石階，沿著石階往上走，可以看到功德箱。搖動粗大的繩子，頭上就會響起噹噹的鈴聲。

「希望我可以變成有錢人。」她把心願說出了口，只是說得很小聲。

未玖家並不富裕。父親意外身亡，母親白天在超市打工，晚上還要去居酒屋打工，才能維持一家人的生活。她無法渴望一些昂貴的玩具，也無法和同學一起去玩一些會花錢的遊戲，所以放學後經常單獨行動，否則就會忍不住羨慕其他同學。

她總是希望家裡變有錢，但並不是為了揮霍，而是希望總是滿臉疲憊的母親可以輕鬆一點。

她對著功德箱前方祈禱，只是她沒有在功德箱裡投下一塊錢。

如果只是這樣，未玖之後不會每天都去這個神社，但是，當她走過小小的鳥居，準備走出神社時，看到了牠。

牠就在神社周圍的石階上，四隻腳都縮到身體下方，做出貓最擅長的母雞蹲姿勢。一臉深思熟慮的表情，微微閉著眼睛，好像在思考什麼哲學疑難問題。

牠是一隻淡棕色的斑紋貓，額頭上有幾道稍微深棕色的條紋。未玖走向牠，原本以為牠會逃走，沒想到牠一動也不動，只是瞥了未玖一眼。

有什麼事嗎？——未玖覺得牠好像在這麼問。

未玖伸手撫摸牠的身體。牠的毛很柔軟，摸起來像新的毛筆。牠的喉嚨發出呼嚕呼嚕的聲音。未玖知道牠感到高興，暗自鬆了一口氣。

不一會兒，牠站了起來，轉頭看著未玖，然後舔著她的手，發出了「咕」的聲音，既不是喵嗚，也不是喵喵，而是「咕」的聲音。

未玖覺得牠在說，我肚子餓了。

未玖打開書包。因為她想起書包裡有營養午餐剩下的麵包。她撕下一小塊，放在牠鼻子前。牠把頭轉到一旁，好像在說：「這是什麼臭東西，難道沒有更好的食物了嗎？」

「對不起，」未玖向牠道歉，「我明天會帶東西給你。」

牠鼻子抖了幾下，未玖覺得牠在表示期待的意思。

隔天放學後，未玖一回到家，就打開冰箱，看看冰箱裡有什麼。貓喜歡吃什麼食物？酸梅、醬菜、蕎頭、生雞蛋——貓不可能吃這些東西。

未玖正這麼想的時候，看到了起司魚板。她抽出一條，藏在口袋裡。

冰箱裡沒有其他像樣的食物，她又去找了放零食的櫃子，發現有餅乾和棉花糖，她也放進了口袋。棉花糖是未玖自己要吃的。

口袋裡裝滿食物後，她走去神社。貓不在昨天的地方，她無奈地搖了搖鈴，走下石階，看到牠從樹林中緩緩走出來，抬頭看了未玖一眼。

未玖覺得牠好像在說，妳又來了啊。

未玖蹲在地上，從口袋裡拿出起司魚板，撕開塑膠紙，撕成小塊放在貓的面前。牠小心翼翼地嗅聞後舔了幾次，但並沒有吃進嘴裡。

「你為什麼不吃？」

未玖問，但貓沒有反應，露出像哲學家一樣的表情，做出了母雞蹲的姿勢，完全不吃面前的起司魚板。

「那這個呢？」

未玖又把餅乾放在牠面前，但牠只是把鼻子稍微湊近，連舔都不舔。牠似乎不喜歡吃餅乾。

未玖在旁邊的石階上坐了下來，從口袋裡拿出棉花糖袋子，把一塊棉花糖放進嘴裡，抬頭看向遠方。夕陽餘暉的天空很漂亮。

有什麼東西碰到了她穿著牛仔褲的雙腿，她嚇了一跳。低頭一看，貓不知道什麼時候靠了過來，把兩條前腿放在她的腿上。牠用力伸展身體，鼻子頂著棉花糖的袋子。

「啊？你要吃這個？」

未玖從袋子裡拿出棉花糖，放在貓的鼻子前。牠舔了一下後，毫不猶豫地咬了一口。咀嚼了幾下吞下去後，又咬了第二口。幾次之後，整塊棉花糖都進了牠的肚子，但牠似乎仍然沒有滿足，用鼻子頂著袋子。未玖又拿出一塊棉花糖。

當牠吃完第二塊棉花糖後，似乎感到心滿意足，坐在未玖的腿上縮成一團，好像在命令未玖撫摸牠。

未玖撫摸著牠的身體，牠的喉嚨又發出呼嚕呼嚕的聲音。未玖也覺得很放鬆。

那天之後，未玖每天放學就會去神社。雖然學校禁止學生帶零食，但她把棉花糖的袋子藏在書包裡。

未玖為貓取了「稻荷」這個名字。因為牠的顏色很像用豆皮做的稻荷壽司，而且神社的名字也有「稻荷」這兩個字。

她也為稻荷裝了項圈。因為她覺得野貓很快會被抓去衛生所撲殺，她用在一百圓商店買的粉紅色皮帶為牠做了項圈，繫在牠的脖子上。沒想到粉紅色的項圈搭配稻荷的淡棕色很好看。

未玖和稻荷聊了很多事，主要是關於未來的夢想。未玖夢想成為美髮師。她想要為各式各樣的人剪出最適合的髮型，為他們染髮，或是為他們燙髮，讓他們走出髮廊時，整個人煥然一新。未玖想像他們向自己道謝的樣子，就忍不住興奮不已。

她當然沒有說出來，只是撫摸著稻荷的身體，在心裡輕聲呢喃。奇妙的是，她好像聽到稻荷回答的聲音。

這個夢想真不錯。

但是，想要實現這個夢想，就要好好讀書，不可以說自己不喜歡算術。當美髮師不需要算術？沒這回事，萬一找錯錢就慘了。而且至少要讀完高中，想進高中就要考算術。不，上了中學之後，就會改稱為數學。

對未玖來說，和稻荷在一起是無可取代的寶貴時間，無論遇到多麼痛苦的事，只要和稻荷在一起，內心就可以獲得療癒。

沒想到——

稻荷不見了。那天，未玖和平時一樣在放學後去神社，和平時一樣搖動粗繩子，搖響了鈴聲，但平時聽到鈴聲就會出現的稻荷遲遲沒有出現在未玖面前。

她覺得很奇怪，但還是回了家。隔天放學後，又去神社找，還是不見稻荷的蹤影。第三天、第四天也都沒有見到稻荷。

神社有一個小型辦公室，有時候有人，有時候沒有人。未玖從來沒有和裡面的人說過話，但還是鼓起勇氣打聽了一下。對方是一位白髮的叔叔。

「喔，妳這麼一說，最近好像真的沒看到那隻貓。」叔叔似乎也知道稻荷。

「你知道牠去了哪裡嗎？」

叔叔聽了未玖的問話，苦笑著說：

「不知道。牠是野貓，可能去了別的地方吧。」

不可能。未玖心想。稻荷不可能去其他地方，至少不會不告而別。

然而，之後也沒有見到稻荷，未玖也漸漸不再去神社。

兩個星期後，未玖放學回家，走在幹線道路的人行道時，有什麼熟悉的東西跳進她的視野。

粉紅色的皮帶套在護欄的一根支柱上。

她衝過去確認。沒錯，就是之前綁在稻荷脖子上的項圈。因為這是未玖自己動手製作的，所以不可能看錯。

怎麼回事？怎麼回事？

未玖一片混亂，努力思考著到底發生了什麼事。雖然她立刻找到了答案，卻拒絕接受這樣的事實。

套著項圈的護欄下方放著鮮花。

2

未玖知道對著路旁的花合掌所代表的意思。這代表有人因為某種原因在那裡送了命。不，不一定是人類，總之，有生命在這裡結束了。

未玖從每天放學後去神社，變成每天等在套著項圈的護欄附近。她想要確認是誰在那裡放了鮮花。未玖看到時，那束鮮花還很新鮮，所以她猜想也許有人定期來這裡供花。幸好附近有一個小公園，她可以在公園看著護欄。

她並不是二十四小時守在那裡，只是在放學後，坐在那裡的長椅上一個小時左右，假裝看書，監視著護欄的情況。她告訴自己，這麼做是白費力氣，不可能找到供花的人，但仍然堅持這麼做，只是為了讓自己心安。

在她開始監視的一個星期後，發生了意想不到的事。一輛小貨車停在公園旁，一個身材壯碩的司機下了車。他手上拿著一小束花，將地上已經枯掉的花移開後，再把手上的花放在那裡。然後好像在祈禱般，在面前揮了一下手刀，轉身坐上小貨車。

未玖驚訝地站起來。沒錯。一定是這輛小貨車的司機把稻荷的項圈掛在那裡的護欄上。

她衝了出去。小貨車傳來引擎發動的聲音。如果沒有追到，也許再也見不到他了。

小貨車駛了出去，未玖拚命追趕，揮著手，大聲叫著：「等一下，等一下。」

追了一會兒，小貨車放慢了速度，車子停在路旁後，駕駛座旁的門打開了，一個四方臉、短髮的男人一臉訝異地探出頭問：「怎麼了？有什麼事？」

未玖跑了過去，上氣不接下氣地問：「請問那束花是怎麼回事？那裡曾經發生過什麼事？」

司機皺起眉頭問：「妳為什麼問這個問題？」

「因為，」未玖說，「因為稻荷的項圈……」

「稻荷？」

「貓。」

司機驚訝地睜大了眼睛，「原來是妳家的貓？」

「不是我家的貓，但我和牠很好……」

「是喔。」司機小聲嘀咕，然後關了小貨車的引擎，下了車。

「我並沒有開快車，也沒有不專心，」司機說，「我只是像平時一樣開車，沒想到那隻貓突然衝到車子前……我根本閃不開。雖然我踩了煞車，但有砰地撞到的觸感……說觸感好像有點奇怪，總之，我有這樣的感覺。下車一看，那隻貓倒在地上，渾身無力，一動也不動。我不知道該怎麼辦，但總不能棄之不顧，對吧？我用手機查了一下，發現附近有一家動物醫院，我就帶牠去那家動物醫院，但最後還是沒有救活。好像內臟受了重傷，醫生說救不了。醫院說會幫忙處理屍體，所以我就帶著項圈離開了。但之後心裡很不舒服，所以就放了花祭拜。」

未玖聽著聽著就哭了起來。稻荷果然死了。

司機告訴她帶稻荷去的那家動物醫院。雖然很近，但走路有點遠。

「要不要我載妳去？」司機問，「反正我順路。」

雖然小時候媽媽就叮嚀她，不可以跟陌生人走，也不能搭陌生人的車，但未玖還是點了點頭。因為她覺得會在意輾死的貓的人不可能是壞人。

司機帶她來到一棟白色的大房子。未玖原本以為是小型動物醫院，所以有點意外。

「既然來了，我也去看看。」司機和未玖一起下了車，和櫃檯的人聊了起來。似乎在問之前送來的那隻貓，最後怎麼樣了。他果然不是壞人。他剛才說因為閃避不及才會撞到，應該也是真的。

候診室很寬敞，有幾個人坐在那裡，每個人都帶著貓或狗。這些寵物都調教得很好，都乖乖地等在那裡，但也可能是生了病或是受了傷，所以才這麼安靜，但至少牠們還活著。未玖這麼想著。稻荷已經不在這個世界上，也不會再回來了。

稻荷。她在心裡呼喚著牠的名字。想到再也無法撫摸牠柔軟的毛，就不由得悲從中來。

稻荷——

就在這時，未玖覺得有什麼感覺進入了她的心裡。既像是呢喃，又像是熟悉的氣味，也像是一陣暖風。她抬起頭，東張西望著。

除了通往診間的門以外，還有另一道門，上面寫著護理室。一對看起來像是夫妻的男女走了出來。那裡似乎可以自由進出。

未玖站了起來。因為她覺得剛才的感覺來自那裡。

走進去一看，發現裡面有很多籠子。住院的貓狗都蜷縮在籠子裡，被關在狹小空間內的樣子很可憐。一隻博美犬看著未玖，無力地搖著尾巴。

裡面還有另一道門，門上貼著「非工作人員禁止進入」的紙。未玖的雙眼無法離開那道門。因為她覺得門內有什麼東西讓她心跳加速。

她吞著口水，轉動了門把。沒有鎖，門順利地打開了。

門內是昏暗的走廊。未玖戰戰兢兢地走了進去。心跳持續加速，但她沒有停下腳步。走廊盡頭又有一個像是籠子的東西，但這個籠子很大，是不是特殊動物用的籠子？但是，裡面是一隻貓。那是長毛貓，體型中等左右。牠坐在籠子中央，一動也不動。

未玖瞪大了眼睛。那隻貓顯然具有和其他貓不同的特徵。不，不光是這樣——

下一剎那，有人用力抓住了她的肩膀，她差一點叫起來，但因為太害怕、太驚訝，所以無法發出聲音。轉頭一看，一個身穿白袍的男人站在那裡。

「妳在這裡幹什麼？」

男人問，未玖的嘴一張一闔，卻無法回答。

男人拉起了籠子前的簾子，然後低聲說：「不可以把這隻貓的事告訴任何人。」然後又低頭看著未玖的臉叮嚀說：「知道了嗎？」她無法發出聲音，深深地點了兩次頭。

未玖被那個男人推著走了出去，回到剛才的護理室後，男人鎖上了那道貼了「禁止進入」的紙的門。

回到候診室，發現剛才的小貨車司機正在找她。他有點生氣地問：「妳去了哪裡？」

「對不起，我在看住院的寵物。」

「原來是這樣，那至少應該跟我說一聲。」司機壓低聲音後又繼續說：「那隻貓果然沒有救活。屍體已經請業者火葬了，但他們說，不知道骨灰葬在哪裡。」

「是喔……」

「不好意思，我只能做到這樣。妳家住在哪裡？我送妳回去。」

未玖搖了搖頭，回答說可以自己回家，然後又回頭看了一眼護理室。

剛才那個身穿白袍的男人站在門前。他原本用冰冷的眼神看向未玖，但立刻轉過頭，打開門，走了進去。

3

仁科看著大籠子，忍不住嘆著氣。五隻剛出生的小貓你推我擠地搶奪泰貝莎的奶頭。任何人看到這一幕都覺得可愛，仁科的心情卻很差。

泰貝莎是銀色金吉拉母貓，血統純正，毛色也很漂亮。這次生下的小貓中有三隻是白色，兩隻是灰色。長得都很漂亮，應該不難找到飼主。

「但是，真的差不多了。」他忍不住嘀咕。

坐在旁邊沙發上編織的妻子苦笑著說：「看來你終於決定放棄了。」

「但又想再挑戰一次。」

「不行，你不知道照顧小貓有多辛苦嗎？要找到願意領養的飼主也不容易。」

「我當然知道，也知道妳很辛苦。」仁科回頭看著今年六十六歲的妻子。一隻銀灰色的貓睡在她身邊。牠是泰貝莎上次生下的貓，但最後找不到人願意領養，只能自己飼養。

「但是，」仁科依依不捨地說，「我總覺得下次應該會成功。」

「不行。」妻子停下手，語氣堅定地說，「你知道到目前為止已經生了幾隻嗎？」

仁科皺著眉頭。

「我知道。我當然也有計算。」

「到上次為止總共十隻，這次有五隻，所以變成十五隻。我已經說過好幾次了，我一直很擔心，萬一這次生下七隻該怎麼辦。」

「我不是說了不必擔心嗎？泰貝莎的身體不可能生七隻，而且也真的只生了五隻。」

「只是運氣好吧。總之，到此為止，下次再懷孕，不可能只生一隻而已。」

「那只是迷信而已，我覺得沒必要隨之起舞感到害怕。」

「你別不信邪，你應該知道那些和你一樣不信邪的人，都無一例外遭到詛咒了吧？」

「我當然知道……」

「你趁早死心吧。」妻子用強烈的口吻說完，再度低頭編織，「如果你堅持，那就先和我離婚。因為我可不想被捲入詛咒。」

仁科撇著嘴，摸著已經稀疏的頭頂。

「好吧。但這樣的話，那隻公貓怎麼辦？總不能留在家裡吧？」

「我都無所謂，但如果要養在家裡，就要結紮。」

「或是轉讓給其他繁育者。」

「會有人願意接手嗎？」妻子一邊編織，一邊偏著頭問道，「聽說專業的繁育者都認為『藍寶石的奇蹟』不會發生。」

「不知道有沒有人願意當作寵物飼養。光是飼養牠，就很值得炫耀了。」

「兩年前還有可能，現在的話……我覺得讓牠在我們家安度餘生最理想。因為之前曾經被好幾個飼主飼養，也該讓牠過安穩的日子了。」

「結紮之後嗎？」

「那當然。」妻子用力點頭，「因為我不希望被詛咒。」

仁科嘿喲一聲站了起來。

「你去哪裡？」

「我去看大王。」

仁科走出房間，站在隔壁房間門口。門上有一個可以讓貓出入的小口。不光是這道門而已，這個家裡所有的門都設置了小門。退休之後，基於興趣成為繁育者之後，就改裝成這樣。

但他覺得差不多該收手，不再做繁育工作了。不，其實幾年前就曾經想要收手。因為體力不太能夠負荷，然而，遇到一隻貓之後，讓他改變了想法。他想要靠這隻貓最後再成功一次。

他打開門，走了進去。那是一間面向庭院的西式房間，有寬敞的景觀窗。當初就是因為看中這一點，決定作為大王的房間。

大王像往常那樣坐在景觀窗前，面對庭院，悠然地坐在那裡。長毛在陽光的照射下閃著光。

淡藍色的光——

剛來這裡時，牠的毛是更鮮豔的藍色，他也同意妻子剛才說「兩年前還有可能」這句話。牠的毛色最近越來越淡。

大王是波斯貓的公貓，名字叫藍寶石。這個名字當然來自牠的毛色。有一種貓名叫俄羅斯藍貓，但其實毛色只是灰色，再怎麼恭維，也不能說是藍色。但藍寶石的毛是徹底的藍。第一次看到牠的人必定會問，是不是染色的。但飼養了一陣子就知道，並不是這麼一回事。因為新長出來的毛是鮮豔的藍色。

仁科並不太清楚牠的來歷。最古老的紀錄是，原本由義大利富豪飼養，但富豪生意失敗而自殺，於是牠遭到拍賣，由一位日本企業家得標。

沒想到這位企業家也死於非命。他和全家人一起去旅行，結果搭的船沉了。藍寶石和牠的孩子——六隻小貓留在家裡，所以躲過一劫。

沒錯，企業家想要讓藍寶石繁殖後代。仁科能夠理解這種心情。只要能夠繁殖藍毛的貓，將為寵物產業帶來一場革命。

藍寶石交到了下一位飼主的手上，那名飼主也試圖繁殖藍色的波斯貓，但無論試了多少次，生下的小貓毛色都很普通。

然後——

那名飼主也死了。他在山路上開車，轉動方向盤不及，整輛車衝下山谷。原因不明，只能認為是操作失誤。

那名飼主飼養藍寶石一年，在藍寶石的第十七個孩子出生的三天後，發生了那起車禍。飼主為了繁殖，養了三隻波斯貓的母貓，可惜三隻母貓都沒有生下藍毛的小貓。

藍色的波斯貓具有神秘的魅力，之後又被好幾名飼主飼養，有收藏家，也有專業的繁育者，他們的飼養目的都是希望能夠創造出珍奇的藍毛血統。這個夢想漸漸被稱為「藍寶石的奇蹟」。然而，很多人的挑戰都以失敗告終。如果只是失敗也就罷了，嚴重的是，幾乎所有飼主都死於非命。於是，就漸漸出現了迷信的說法。

「如果想要讓藍寶石生孩子，只能生十六隻，當第十七隻小貓出生時，飼主就會在數天之內死亡。」

沒有人知道為什麼是十七隻，但有一個說法，波斯貓起源於十六世紀被帶入義大利的長毛種貓。在義大利，十七是不吉利的數字。十七用羅馬數字表示，就是「XVII」，也可以換成「VIXI」，這是拉丁語中代表「我活著」的「VIVO」的過去式，也就是「我曾經活過」的意思，意味著「現在已經死了」。

通常迷信都不可信，但「藍寶石」的詛咒有明確佐證。飼主喪命的狀況都符合這個條件。沒有送命的飼主都在藍寶石生第十七隻之前就收手了。

藍寶石在兩年前來到仁科家。同樣是繁育者的朋友挑戰繁殖，仍然無法獲得理想的結果，最後只能放棄，轉讓給仁科。仁科飼養了健康的波斯貓母貓泰貝莎，銀色的毛有時候看起來像藍色。仁科期待泰貝莎能夠創造奇蹟。

但是，夢想並沒有實現。泰貝莎生的十五隻小貓都是普通的波斯貓，這當然不是牠的過錯。

仁科伸手想要撫摸藍寶石的背，但手指即將碰到時，藍毛的大王轉過頭，狠狠瞪了他一眼，發出「嗚」的低吼聲，好像在說：「不要隨便碰我。」這種時候，如果硬是要摸牠，就會被咬。

如果用來觀賞也就罷了，但這隻貓完全不適合當寵物。之前的飼主也說：「牠完全不和人親近。」一想要抱牠，牠就會逃開，根本不可能把牠抱在腿上。餵飼料時，牠也只吃放在飼料盤裡的飼料，如果想要用手餵牠，牠就會充滿敵意地吼叫。

對於藍寶石的這個問題，有兩種說法。一種說法是牠無法忘記以前的飼主，據說牠很黏那個溺水身亡的企業家，而且也的確留下了牠舒服地坐在飼主腿上的照片。

另一種說法認為可能是生病的關係。藍寶石曾經有過嚴重的疾病，據說活不久。雖然目前克服了這種疾病，但因為治療的影響，導致牠性格丕變。

這些說法都難辨真偽，仁科只知道藍寶石來家裡時，就已經不願和人親近了。

4

仁科經常光顧一家動物醫院，他和院長有二十年的交情。這天他要去動物醫院向院長請教藍寶石結紮的問題。藍寶石關進了籠子裡。牠當然不可能乖乖進籠子，仁科和妻子兩個人費了好大的力氣，才終於讓牠就範。夫妻兩人為了抓牠都戴上皮手套，否則有可能被牠咬傷。

來到醫院，發現這裡重新改裝過，隔壁變成了寵物美容室。動物醫院的候診室也是寵物美容室等候的區域，可以看到動物美容室的情況，一個看起來像寵物美容師的年輕女生正在為一隻大狗剪毛。

「是喔，所以你決定放棄了。」體格壯碩的助手為藍寶石抽完血後，一頭白髮的院長深有感慨地說，「真希望可以親眼看一下藍色的小貓。」

「這代表奇蹟不會輕易發生。」仁科看著籠子內。

「有沒有考慮複製貓？雖然不是子孫，但也同樣是增加牠的同類。」

仁科一臉沮喪地搖了搖頭。

「據說以前曾經有人試過，而且還花了大把銀子，結果生下的還是普通白貓。即使基因相同，顏色也未必相同。世界上第一隻複製貓採用了三毛貓的基因，但只有兩種顏色。」

「是嗎？原來是這樣。可見奇蹟真的無法輕易發生。」院長聳了聳肩。

得知要根據血液檢查的結果決定手術的日期，仁科走出診間。他坐在候診室等待再度叫他的名字時，看到年輕女生從隔壁美容室走出來。她應該還不到二十歲，穿著運動衣和牛仔褲。

她走過仁科面前時，停下了腳步，探頭看著仁科旁邊的籠子，驚訝地瞪大了眼睛。

「很少看到藍色的貓吧？我先聲明，牠並不是染色的。」

年輕女生一臉嚴肅的表情看著籠子內，好像沒有聽到仁科說的話。可以感受到她的呼吸變得有點急促，然後輕輕叫了一聲：「稻荷。」

「啊？」

「請問，」她看著仁科問：「我可以抱抱牠嗎？」

「不，我勸妳還是放棄，牠很不好對付，不知道該說牠不願與人親近，還是很凶暴……」

「但我想抱抱看。請你讓我抱牠。」年輕女生鞠躬拜託。

「真傷腦筋，我是無所謂啦，但我擔心妳被牠咬。而且一旦放牠出來，就很難讓牠再進去。」

「我會幫忙。拜託了。」

既然年輕女生這麼熱心拜託，仁科也不好意思拒絕。她很擅長和動物打交道，所以覺得應該無妨。

「那就讓妳稍微抱一下，但摸牠的時候要小心。」

「好。」她回答後，打開籠子的透明門，毫不猶豫地把雙手伸了進去。仁科很擔心藍寶石會抗拒，然後咬她的手。

沒想到，完全出乎他的意料。

藍寶石乖乖被女生抱在手上。她坐在仁科旁邊的椅子上，讓藍寶石坐在她的腿上，藍寶石也完全沒有掙扎。而且，當她撫摸藍寶石的背時，牠的喉嚨發出了呼嚕呼嚕的聲音。

「難以置信。」仁科說，「雖然妳是對待動物的專家，沒想到可以把牠馴服得這麼服服貼貼……」

年輕女生似乎想起了什麼，抬起頭問仁科：「您還會在這裡逗留一點時間嗎？」

「喔，嗯，反正也沒急著走。」

「可不可以請您再等一下？」說完，她讓藍寶石坐在椅子上後對牠說：「乖乖在這裡喔。」然後快步離去。

仁科再度感到驚訝。因為藍寶石竟然聽她的話，乖乖坐在椅子上，目不轉睛地看著她離去的方向。

到底是怎麼回事？仁科也伸出手，但他的手即將碰到藍寶石背上的毛時，牠猛然回頭，張大嘴威嚇，好像隨時會咬人，仁科慌忙縮回了手。

剛才的女生回來了，手上拿了一個白色的袋子。原本乖乖坐在那裡的藍寶石似乎察覺到什麼，從椅子上站了起來，然後發出了「咕」的聲音。仁科之前從來沒有聽過牠發出這種撒嬌的可愛聲音。

年輕女生從袋子裡拿出什麼。是棉花糖。她把棉花糖放到藍寶石面前。接下來發生的事也令人難以置信。藍寶石伸長脖子嗅聞著味道，然後張嘴咬住了棉花糖。不僅如此，牠吃了一顆又一顆，最後把整包棉花糖都吃完了。

「這怎麼可能？」仁科說，「雖然吃棉花糖這件事很令人驚訝，但沒想到牠竟然願意吃別人用手遞給牠的食物。小姐，妳使用了什麼魔法？」

年輕女生沒有回答，但她漸漸紅了眼眶。

「啊，果然是這樣，果然是稻荷，你果然就是稻荷。」她無限感動地流著淚，緊緊抱住藍寶石。藍色的大王貓非但沒有掙扎，而且開始舔她的臉。

5

那家醫院和仁科打算為藍寶石做結紮手術的醫院無論建築物的大小、佔地面積，以及員工人數都不一樣。其實這裡並不是醫院，正式的名稱中有「研究所」這三個字。雖然也為動物進行治療，但只是作為研究的一個環節。

仁科在這家研究所的會客室內見到一個人，這個人白淨的皮膚和薄唇散發出一種冷漠的感覺。名片上醫學博士的頭銜下，印了安齋的姓氏。

「我收到你的信很驚訝。」安齋開了口，「因為我完全沒有想到竟然有人會發現那隻貓的真實狀況。小孩子的感受力果然比較敏感，可能有某些現代科學無法解釋的東西。」

「雖說是小孩，但她已經十八歲了，今年高中畢業。」

就是寵物美容室的那個女生，她叫未玖。原本想當美髮師，在高中時知道有寵物美容師這個職業，改變了志願。

「我見到她的時候，她還是小女孩，她偷偷闖進禁止進入的區域，看到了藍寶石。那時候差不多是藍寶石動完手術的一個月後。」

「你說的手術……就是那個手術嗎？」仁科抬眼看著對方。

安齋點了點頭，「沒錯，就是那個手術。」

仁科從帶來的皮包內拿出一張資料，那是幾年前報紙上報導內容的影本。報導的標題寫著『貓的全腦移植技術確立　已有數例成功』。

「那個寵物美容師第一次看到藍寶石時，就在牠身上發現到了自己曾經疼愛的貓的感覺。應該說，她是被這種感覺吸引，才會走進那個神秘的房間，結果看到一隻奇妙的藍色貓。這件事並沒有特別引起她的注意，但聽到醫院的名字，她覺得哪裡不對勁。因為她好像聽過醫院的名字，最後想起了這篇報導，你是這個研究的負責人，所以這次才會寫信給你。」

安齋吐了一口氣，「推理能力太精采了。」

「我在信上也寫了，我無意公諸於世，只是想要知道真相，也想要告訴那個寵物美容師，可以請你告訴我嗎？」

安齋嘴角露出微笑，抱著雙臂說：

「正因為我願意告訴你，我們才會見面。你在信上提到，你也試圖繁育藍色小貓，你知道藍寶石有疾病嗎？」

「我聽說了，但不太瞭解詳細的情況……」

安齋用食指指著自己的腦袋說：

「是腦腫瘤，已經轉移到各個器官，送到我們這裡時已經無法動彈。雖然飼主希望我們盡力救牠，但我們根本無法救牠，除了一個方法以外。」

「這個方法就是……」仁科看著資料。

「就是大腦移植。」安齋用平靜的語氣說道，「移植其他貓的大腦，這是拯救藍寶石唯一的方法，只是仍然有問題。當時的技術還不成熟，我們也已經失敗了三次，但飼主說沒關係，還是希望我們放手一搏。可能是因為花了大錢買回來，不希望在留下子孫之前就死了。接下來的問題就是從哪裡找到適合移植的大腦，當時剩下的時間不多了。飼主命令下屬去抓流浪貓，但越是這種時候，偏偏找不到適當大小的貓。我剛才忘記說了，移植需要滿足幾個條件，大小也是條件之一。如果放不進頭蓋骨很傷腦筋，太小也不行。正當我們焦急萬分時，剛好有人送來一隻被車子輾到後陷入瀕死狀態的貓。」

「就是那個寵物美容師的貓。」

「雖然那隻貓戴著項圈，但飼主不明。牠的內臟已經破裂，不可能救活，但大腦奇蹟似地完好，和藍寶石的適合性也很高。於是，我們決定動手術。」

「結果非常成功。」

安齋用力點了兩次頭。

「成果超過預期，術後的狀態也很穩定，只可惜無法留下正式的紀錄。因為這個世界上沒有第二隻像藍寶石一樣的貓，一旦拍下照片，就會知道是哪一隻貓。因為飼主不同意公諸於世。」

安齋說，藍寶石在住院兩個月後，回到飼主身邊。

「原來是這樣啊，但聽了你的說明，瞭解了很多事，也能夠解釋藍寶石的個性為什麼從某個時期開始突然改變。」

「對貓來說，個性也很重要。」安齋說，「如果不是像藍寶石這種情況，沒有飼主會為貓換腦，留下身體。我們做的其他移植手術，都是為了研究。」

「我想也是。之後的大腦研究進展順利嗎？」

「貓的大腦移植已經結束了，我們的使命已經完成了。」

仁科聽不懂這句話的意思，微微偏著頭，安齋露出殘酷的笑容。

「我們的最終目的是人類的大腦移植，因為貓的大腦形狀和人類的很相似，很適合成為研究大腦的範本。」

「人類的大腦移植……」

「一旦有辦法做到，將老人的腦移植到腦死的年輕肉體上就不再是夢想。不過，這是很久以後的事了。」安齋說完，瞥了仁科一眼問：「藍寶石目前怎麼樣了？」

「送給那個女孩……那個寵物美容師了。她一定會好好疼愛藍寶石，因為她是那隻貓唯一肯親近的人，藍寶石應該也很幸福。」
安齋幾乎面不改色，只說了一句：「那真是太好了。」

6

在送走藍寶石的十個月後，仁科在網路上看到那則報導。妻子問他：「老公，你來看，你知道這件事嗎？」然後給他看了報導。

報導的標題是『傳說的藍貓不斷生下小貓　會成為新的商機嗎？』。

仁科看了內容後大吃一驚。因為報導中提到，有藍寶石血緣的小貓不斷出生，而且這些小貓都繼承了牠的藍毛。

藍寶石的飼主——那個名叫未玖的年輕女孩在接受採訪時說：

「我原本並沒有想要讓牠生小貓，但有一次聽到附近神社的野貓生下了藍色的小貓，我確信我家的貓是父親。因為牠幾乎每天都去那家神社，所以我就把那些小貓帶回家飼養，但最後都順利找到了飼主。是的，因為很難得一見，有人希望我一定要賣給他們。之後，我讓牠和其他母貓交配，又生下了藍色小貓……不久之後，持續有人希望和他們家的母貓交配。每一次交配的費用？這是秘密……沒錯，託各位的福，收取了相當的金額。但交配有條件，好像同樣是波斯貓，可能因為基因的關係，無法生下藍色的貓，所以藍貓都是雜種。到目前為止生下的小貓數量？不清楚欸，應該超過五十隻吧。」

仁科看了報導，忍不住拍著額頭。原來要異種交配——

繁殖者不會讓波斯貓和其他品種的貓交配，這是繁育的常識。沒想到這種成見導致無法把握幸運。

他想起未玖的臉。既覺得她成功了，又覺得是她對稻荷的愛創造了奇蹟。

算了，這不重要——

仁科想起未玖餵藍貓吃棉花糖的景象，忍不住笑了起來。

聖誕疑案

1

黑須巡視四周，確認四下無人之後走向門柱。他來這裡時向來小心謹慎，但今天必須格外注意。正因為這個原因，他今天穿了一件二手衣店買的大衣，而且是他以前從來沒穿過的款式。雖然太陽早就下山了，但他仍然戴著墨鏡。萬一被人看到，也不能讓警方根據目擊證詞找到他。

他用戴著皮革手套的手按了對講機的門鈴，不一會兒，對講機中傳來一個女人的聲音。

「哪位？」

「是我。」黑須對著對講機回答，「聖誕快樂。」

黑須可以隔著對講機，感受到彌生嘴角露出微笑。

「請進。」

黑須打開庭院門時努力不發出聲音，立刻走了進去。他不想讓附近鄰居聽到任何聲音，因為不能讓別人知道，這個時間有人來找過彌生。

他躡手躡腳地走向玄關，用彌生給他的備用鑰匙開了門，開門後走進屋內。他拿下墨鏡放進口袋，關門鎖好，聽到了下樓的腳步聲。

黑須轉過頭，看到穿著深紅色洋裝的彌生嘴角上揚，出現在門廳。

「你好，真早啊。」

「因為我希望和妳在一起的時間久一點。」黑須注視著個子比他矮二十公分，年紀比他大十五歲左右的女人的臉，「是不是不方便？」

「沒這回事，我也很高興啊。來，進來吧。」說完，她看著黑須的手，皺起了眉頭，「你難得戴手套，外面這麼冷嗎？」

「不，冬天怕靜電。」黑須拿下手套，放在大衣的口袋裡。

「我也沒看過你這件大衣。」

「朋友送的，不好看嗎？」

「不，沒這回事，你穿什麼都好看。這是什麼？」她看向黑須拎著的紙袋。

「留著等一下開獎。」黑須笑著說。

「好吧，那我就不多問了。」

黑須跟著彌生走在走廊上。客廳位在走廊深處，中央有一張大茶几，沙發放在茶几周圍。

黑須最先看到放在景觀窗正中央的聖誕樹。高度大約有一公尺，聖誕樹上的裝飾閃著光。

「真漂亮。之前就有的嗎？」黑須在脫大衣時問。

「我為了今天晚上新買的。」
「今天晚上？特地買的嗎？」
「對啊，你過去仔細看一下。」
黑須被彌生推著來到聖誕樹前。玻璃窗戶上反射出他的臉，彌生的臉在他身後。從上方打下來的柔和燈光讓她臉上的皺紋看起來更深了。
黑須轉頭看著聖誕樹，上面掛了一個小小的聖誕老人。都一把年紀了，還有這種少女情懷。他當然沒有把這句真心話說出來。
彌生的手指纏住他的手，她把兩個人的手放在聖誕樹旁。
「太高興了，我們可以單獨在平安夜約會。」
「我也是。」
黑須說著，看著自己和彌生握在一起的手。必須記住這個位置。今天晚上無論如何，都不能在這裡留下自己的痕跡。
他假裝看手錶，掙脫了彌生的手。「呃，派對是從幾點開始？」
「八點。我記得是在六本木的葡萄酒酒吧。」
「妳幾點從這裡出發？我打算比妳早十分鐘離開。」
「準時到就好了。而且時間還很充裕。」
「那我們先來乾杯。」黑須從紙袋裡拿出酒瓶，酒瓶上綁著紅色和綠色的緞帶，「希望妳會喜歡。」

彌生立刻露出興奮的表情。

「哲維瑞香貝丹！好棒喔，你終於瞭解我的喜好了。」

「我是不是該說，能夠得到妳的稱讚真是太榮幸了。」

「你等一下，我去拿開瓶器和杯子。」

黑須目送她走去隔壁廚房，深呼吸了一下。到目前為止都很順利。問題在於之後，不允許有絲毫的失敗。

彌生走了回來，把放了兩個葡萄酒杯的托盤擺在桌上。

「你會用酒保開瓶器嗎？」

「當然。」

黑須從彌生手上接過酒保開瓶器，在打開葡萄酒瓶的同時，用眼角瞄著她的一舉一動。她再度走向聖誕樹。

「這棵聖誕樹和我小時候家裡的聖誕樹很像。」

「原來是這樣。」

「所以，在店裡看到時，我無論如何都想要。」

「原來是這樣啊。」

黑須打開了葡萄酒的瓶蓋，看向彌生的方向。她仍然看著聖誕樹。為了以防萬一，黑須又看向窗戶。因為如果她從窗戶的反光看到自己的身影就慘了。

「你知道嗎？聖誕樹上不能掛十字架。」

「是嗎？我不知道。」

玻璃窗也沒問題。現在是絕佳機會。黑須下定了決心。

他把手伸進上衣內側口袋，拿出一個小塑膠袋，把塑膠袋裡的白色粉末倒進其中一個酒杯後，立刻將葡萄酒倒了進去。雖然有那麼一瞬間擔心酒會變成乳白色，但白色粉末立刻溶化，杯子裡只有鮮豔的紅色液體。

他把塑膠袋放回口袋，在另一個杯子裡也倒了酒。

「我們來乾杯。」他對著彌生的背影說。

彌生轉過頭，對他嫣然一笑，走了過來，坐在他身旁，拿起加入白色粉末的酒杯。因為他已經拿起另一個酒杯。

「再次慶祝聖誕快樂。」黑須伸出杯子。

「聖誕快樂。」彌生和他碰了杯。兩個人幾乎同時喝了酒。

「嗯，好喝，哲維瑞香貝丹不愧是紅酒之王。」

「看到妳這麼開心，我也很高興。」

「那我也要送你禮物。」彌生說著，把手伸到背後，拿出一個四方形的盒子，上面綁了粉紅色的緞帶。

「這個要送我？」黑須按著胸口。

「對啊，你打開看看。」

「是喔，是什麼呢？」黑須打開盒子時，觀察著彌生的情況。她似乎沒有起疑心，繼續喝著杯子裡的葡萄酒。

盒子裡是一只金色的懷錶，上面還有金色的鍊子。

「哇，好高級，要送我這麼高級的禮物嗎？」

「不知道你喜不喜歡，懷錶好像沒什麼用……」

「沒這回事，我會好好珍惜。謝謝妳。」

「這個蓋子上的裝飾是手工……由師傅一個一個……啊喲，我怎麼了……」彌生的雙眼漸漸無法聚焦，身體也開始搖晃，隨即像是發條鬆了的人偶一樣，趴倒在茶几上。

「彌生，彌生。」黑須搖著她的身體，但她完全沒有反應。

太猛了，就和之前聽說的一樣——黑須吞著口水。

他發現彌生還有呼吸，但只要不救她，她的呼吸功能就會麻痺，然後死亡。

黑須站起來，拿起喝過的酒杯走進廚房，隨便洗一下杯子後，小心翼翼地擦乾後放回碗櫃。然後一邊戴著手套，一邊回到客廳，用從口袋裡拿出的手帕開始擦拭茶几和沙發等自己剛才碰過的地方，擦完開瓶器和葡萄酒瓶後，拿起彌生的手碰觸了一下。

不能忘記放了聖誕樹的景觀窗。他走過去一看，發現那裡留下了清晰的指紋。他也擦得一乾二淨。

他拿起原本用來裝葡萄酒的紙袋和大衣，看著懷錶。

把懷錶留在這裡不太妥當，會讓警察發現有人和她在一起。

雖然黑須並不想要這個懷錶，但還是把懷錶、盒子，以及包裝紙、緞帶一起丟進了紙袋。

走出客廳之前，他再度巡視室內，檢查是否有什麼疏失。

他又看了一眼聖誕樹。突然想起彌生剛才說的話。

不能掛十字架？

為什麼？他思考著這個問題，走出了客廳。

2

黑須在晚上七點多回到了劇團的排練場，但他沒有從正門走進去，而是越過後方的圍牆走進去。建築物的窗戶仍然亮著燈光，應該還有人在修理各種道具。

黑須彎下身體，在建築物和圍牆的縫隙之間移動，終於來到那扇窗戶下方。窗戶沒有鎖，他打開窗戶，躡手躡腳地進了屋。這間兩坪多的房間是他揣摩表演或背台詞時使用的排練室。只要在門上掛『排練中』的牌子，就不會有人敲門或是找他。他是劇團的紅牌演員，就連導演也對他另眼相看。這個窮劇團目前幾乎是靠他才能維持下去，沒有人敢惹他。

他脫下上衣，坐在椅子上。剛才那件大衣已經在回來的途中裝進垃圾袋丟掉了，但懷錶無法丟棄，所以就帶回來。接下來必須思考該如何處理這只懷錶。

桌上筆電的喇叭發出聲音。

「終於完成了嗎？馬修，這就是魔王館命案的所有紀錄，你是不是想起了那段充滿知性激動和緊張的日子？只可惜——」黑須聽到這裡，操作滑鼠，刪除了聲音檔案。這是為了製造不在場證明而預錄的內容。

黑須清了清嗓子後開了口。
「只可惜，那是最後一次遇到有身為藝術家自尊的凶手。」
他大聲說完台詞後，闔上筆電站了起來，故意發出很大的腳步聲走向門口，從內側打開門鎖，開了門。
隔壁就是辦公室，劇團的事務員，也同時是黑須經紀人的鹿野久美子驚訝地抬起頭。
「那個聖誕派對從幾點開始？」黑須問。
「在六本木，從八點開始。差不多該出發了，但剛才看你的工作好像還沒有結束……」
「是嗎？因為我太投入了，所以沒注意時間。既然這樣，那我們趕快出發吧。」黑須穿起上衣，拿起掛在辦公室衣架上的大衣。
鹿野久美子也是司機。黑須坐著她開的奧迪，前往派對會場。
「我在房間裡練了多久？」
「你五點進去的，差不多兩個小時。」
「這麼久啊……工作時，時間過得特別快。」
「你好像很投入，我聽到你的聲音。」
「這次的腳本不怎麼順，所以我打算自己修改一下。」
「辛苦了。」

和鹿野久美子聊完後，黑須偷笑起來。他傍晚走進房間後，立刻打開了筆電的聲音檔案，然後從窗戶溜了出去，但她似乎完全沒有發現。這麼一來，就可以為黑須的不在場證明作證。

數十分鐘前發生的事出現在眼前，他回想著自己所做的事。沒問題，應該沒有疏失——

縱木彌生是日本首屈一指的劇作家，她寫的電視劇都奪下了高收視率，電影的票房也都很不錯。

七年前，當時還默默無聞的黑須接到了由她編劇的電視劇演出機會。雖然不是重要角色，但他欣然接受，也因此得到了兩大禮物。一是知名度。隨著知名度上升，工作機會持續增加。他可以感受到自己的演員生涯更上了一層樓。

照理說，他應該感到滿足，但他還是摘了另一顆果實。

他和縱木彌生發展成男女關係。

其他演員曾經叮嚀他，要小心那個劇作家。她是單身，很愛玩，而且喜歡帥哥。雖是半老徐娘，但仍然風韻猶存，所以必須小心提防，很多男演員都不小心陷入她的溫柔鄉，和她有一腿。和她交往期間當然很好。因為她在業界很吃得開，男演員也會得到良好待遇，但一旦提出分手就完了。男演員會被冷凍，轉眼之間就失業了。

但是，黑須還是招惹了她。因為他有野心。只要有她的助力，自己的演藝事業可以攀向高峰。之前那些男人只是不懂得分手的藝術，他確信自己一定能夠圓滿解決。

他的算計有一半成了真。如今，黑須的確有了可以稱為當紅演員的地位，也頻繁參加連續劇的演出，還不時有廣告邀約上門。

然而，另一半算計卻無法如願。他原本以為只要疏遠彌生一陣子，她自尊心很強，不可能糾纏不清，沒想到他的想法太天真了。隨著他漸漸走紅，彌生對他也越來越執著。

「你是不是想和年輕女生交往？」彌生有事沒事就這麼問他。

「沒這回事。」每次黑須這麼回答，她就露出意味深長的笑容。

「沒關係啊，你不必勉強自己。女人當然越年輕越好，但是，到時候你要做好心理準備，因為你不可能繼續在這個行業混下去。這也是無可奈何的事，魚與熊掌不能兼得，天下沒這麼美好的事。」

看著她擦著鮮紅色口紅，雙唇有點厚的大嘴巴說出這句話，黑須知道自己上了賊船。

黑須並不知道彌生在業界的影響力到底有多大，也許和她鬧翻，並不至於完全接不到工作，但黑須很擔心一旦和她的關係曝光，會影響自己的形象。不難預料，如果世人以為他目前所擁有的一切，都是和當紅劇作家睡出來的，將會對演藝事業造成很大的打擊。

而且，黑須的生活中發生了另一件事。他和一起演電影的女演員墜入愛河。目前雙方的經紀公司都不知情，黑須當然不會對外透露，但對方不夠警覺，不知道什麼時候會被狗仔發現。

在這個時代，藝人談戀愛並不會引起問題，可怕的是彌生。

必須趕快設法解決——這幾天，他一直在想這件事。

3

派對會場是位在大樓地下室的葡萄酒酒吧。某齣電視劇剛好殺青，所以在這裡舉辦慶功宴兼聖誕派對。黑須在這齣電視劇中演男二的角色。

黑須在八點準時抵達會場，向製作人和導演打招呼後，和一起演電視劇的其他演員談笑起來。

他聽到旁邊工作人員的談話。

「縱木老師還沒到。」

「是嗎？要不要打她的手機？」

「我剛才打了，但她沒有接電話，只聽到鈴聲。」

「奇怪了，你事先有通知她今天的活動，對嗎？」

「當然啊，除了電話通知，還傳了電子郵件。」

「那就沒辦法了。再等一下，既然老師還沒來，那就不能開始。」

黑須拿著飲料走開了，拚命忍住嘴角的笑意。

幾個月前，彌生給他看一個小瓶子，裡面裝了白色粉末。

「這是曼陀羅的毒。」她說。

「曼陀羅是一種植物，傳說它的根長得和人的形狀一樣，拔起來時，會發出慘叫聲，只要聽到這種慘叫聲的人，都一定會發瘋死掉。」

「怎麼可能？」黑須說。她輕輕笑了笑。

「我就說了是傳說，但並不是毫無根據。因為曼陀羅的根含有劇毒，吃下去會產生幻覺和幻聽，然後就會斷氣。據說曼陀羅的慘叫其實就是幻聽。這些白色粉末就是萃取出來的毒。」

彌生說，她之前去德國旅行時，從鄉下的民宅拿到的。

「只要用掏耳棒裝一小勺，就可以殺死一頭牛。我沒騙你。那個村莊至今仍然用這種方法殺牛，我親眼看到的，所以絕對不會錯。」

黑須問她，為什麼要把這種東西帶回來？

彌生說：「用來殺我痛恨的人。」說完，她撇著紅色的嘴唇，搖了搖手說：「騙你的，騙你的，我在開玩笑。沒有特別的目的，只是因為很難得一見，所以就帶回來了，但如果想要自殺時倒是可以派上用場。因為聽說死的時候就像睡著一樣。」

黑須叫她不要胡思亂想，彌生瞇起眼睛說：「謝謝，聽你這麼說，我很高興。」

那個瓶子放在彌生臥室的架子上。黑須考慮無論如何都必須和她分手時，想到了那瓶毒藥。

上個星期，黑須趁彌生外出採訪時溜進她家，偷了瓶子裡的毒藥。問題在於要什麼時候，用什麼方式讓她喝下去。沒想到她主動提議，在聖誕派對前，兩個人要不要單獨見面。

「派對之後，他們一定會邀你去續攤。難得的平安夜，如果不能單獨在一起太寂寞了。所以我們在派對前見面，你覺得怎麼樣？」

黑須覺得這個主意不錯。沒有人知道他們的關係，也不會有人想到他們在派對之前見了面。

「我贊成。」黑須回答說。

一切都順利。希望等一下會有人對彌生遲遲沒有現身感到奇怪，去她家察看，然後發現屍體。雖然沒有遺書，也不清楚自殺的動機，但這樣更充滿神秘感。平安夜的神秘死亡——她在另一個世界應該也會感到滿意。

兌水酒喝完了，黑須正準備拿第二杯酒時，聽到有人說：「啊，她來了。」現場的氣氛立刻緊張起來。

黑須看向門口，下一瞬間，他差一點叫出來。

樅木彌生身穿紅色洋裝，面帶微笑走了進來。

4

彌生沒有任何異狀，很多人都去向她打招呼，她一如往常的親切，但也同時發揮了適度的傲慢。

其他演員也都上前向她打招呼，黑須不可能假裝沒看到她。但是，到底該怎麼向她打招呼？

最搞不懂的是，她為什麼平安無事？她不是應該像睡著一樣死去了嗎？

黑須無法想出頭緒，緩緩走向彌生。她和其他演員剛好聊完。

她看向黑須，他嚇了一跳，停下了腳步。

「啊喲喲，黑須，辛苦了。」彌生笑著向他揮手。

黑須擠出笑容走上前，她身旁剛好沒人。

「妳好。」他向她伸出酒杯。彌生用手上的葡萄酒杯和他乾杯後，把臉湊過來說：

「剛才對不起。」

「啊？」

「我好像在沙發上睡著了，我完全沒有記憶。」

「啊……嗯，是啊，我們聊到一半……對啊。」

「是這樣啊，你應該叫醒我。」
「不，看妳睡得很香甜。」
黑須眼角掃到電視台的人走了過來。彌生似乎也看到了，兩個人立刻分開。
「啊呀啊呀，老師，這次真的辛苦妳了，太感謝妳的大力幫忙。」黑須聽著一個胖男人向彌生打招呼，慢慢走開了。
原來是這樣——
原來那並不是毒藥。不，也許有一點毒性，只是沒有像彌生說的那麼強烈，無法讓人像睡著一樣死去，只是讓人睡著而已。
真是白忙一場。黑須後悔不已。花費了那麼大的工夫，繃緊神經做了那些事，結果竟然只是讓她睡著而已。
幸好彌生什麼都沒發現，以後還有機會。下次必須想別的方法。
派對結束了，主辦單位似乎已經預訂了續攤的店，許多人都會去續攤，但彌生說要先走一步。
「因為我昨天熬夜，有點累了，大家玩得開心點。」
彌生在大家的目送下，留下這句話，坐上了黑色計程車。車子開出去時，她在車窗內看著黑須。
黑須和她四目相接時，她意味深長地輕輕點了點頭。

黑須決定搭鹿野久美子的車去續攤，但在準備上車前，手機響了。是彌生打來的。
他離開車子，接起了電話。「喂？」
「對不起，現在方便嗎？」
「嗯，怎麼了？」
「我有話要今晚對你說，不好意思，可不可以請你現在來我家一趟？」
「現在？」
「我原本打算剛才對你說，但不小心睡著了，所以來不及說……」
「不能在電話中說嗎？」
「嗯，電話有點……對不起，讓你為難了。」
彌生難得說話這麼客氣，如果是平時，她一定會頤指氣使地說話。
「好，我會想辦法。」
「謝謝。你到我家門口時打電話給我。」
「打電話？為什麼？」
「這也到時候再告訴你。拜託了。」
「嗯，我知道了。」
黑須掛上電話，走到車旁，打開了駕駛座的門。
「我臨時有重要的事，妳先去那家店。我處理完之後就馬上過去。」

鹿野久美子一臉不解的表情，但什麼都沒問，回答說：「我知道了。」也許她察覺到和女人有關，但應該不知道對方是誰。

黑須從大衣口袋裡拿出眼鏡戴了起來，又用口罩遮住了嘴巴。他根據以前的經驗知道，只要這樣，可以大大降低別人發現他是明星黑須的危險性。

他攔下剛好經過的計程車前往彌生家。司機果然沒發現他是誰。

為了安全起見，他在離彌生家有一小段距離的地方下計程車，然後走路過去。在到彌生家門口時打了電話。

「喂？」電話中傳來彌生的聲音。

「我到了，在妳家門口。」

「是喔，那你進來，繞到庭院。」

「庭院？」

「對啊。」

黑須覺得彌生的要求很奇怪，但還是打開庭院的小門，繞去了庭院。

屋內的燈光從窗戶灑了出來。黑須看向窗內，倒吸了一口氣。那棵聖誕樹還在那裡，彌生就站在聖誕樹旁，手機放在耳邊。

「怎麼回事？」黑須問。

「不好意思，雖然外面有點冷，但我們就這樣說話。」電話中傳來彌生的聲音說道，

「如果不是隔著窗戶，我無法說出口。如果我們單獨在家裡，我的決心一定會動搖。」
「……到底是什麼事？」
電話中傳來深呼吸的聲音，她接著說：「我們的關係就到今晚為止。」
「啊？」
「我們交往了這麼久。七年……真的是一眨眼工夫。」
「彌生……」
「我一直在想，我們這樣下去好嗎？我一直在煩惱，我是不是影響了你的可能性，但是，我現在終於下定決心，我們該分道揚鑣了。」
黑須調整了呼吸，努力忍住不讓臉上露出笑容。眼前的發展完全出乎意料，而且是最理想的發展。
「我完全沒有想到妳在考慮這些。」黑須語氣沉重地說。
「對不起。我突然這麼說，你一定很不知所措吧？」
「我的確很驚訝，但也能夠理解妳想要表達的意思。」
「是嗎？」
「我們交往的時間的確有點久，繼續這樣下去，不光是我，對妳也有負面影響。」
彌生在窗戶內落寞地笑了笑說：「你能理解真是太好了。」
「我很感謝妳，多虧妳，我無論身為演員，還是身為一個人，都有了很大的成長。」

「聽你這麼說，我很高興。」

「這麼多年，真的很感謝你。在未來的日子，我也會珍惜和妳之間的回憶。」

「謝謝，我也不會忘記和你在一起的日子，多保重。」

「妳也多保重。」

黑須看到彌生放下電話，也掛上了電話。她輕輕揮手，他也向她揮手。她離開窗邊，走進房間深處。聖誕樹上的燈飾仍然閃亮著。

黑須把電話放回口袋，走向庭院的門。他內心充滿幸福的感覺，感謝上天，讓曼陀羅毒沒有發作。

5

他被手機鈴聲吵醒了。他躺在被子裡，伸手抓起電話。頭痛是因為昨晚喝的酒還沒有代謝完，但這次他欣然接受宿醉。因為昨晚是人生中最棒的平安夜。

不光是因為彌生主動提出分手，他之後趕去續攤時，也發生了意想不到的事。

製作人問他，願不願意擔任連續劇的男主角。

「是樅木老師的劇本，她說一定要邀你演主角。我目前也不知道是什麼角色，但樅木老師似乎認為你是不二人選。你有沒有興趣？」

怎麼可能有傻瓜拒絕這麼誘人的事？黑須當然二話不說就答應了，同時回想起和彌生的對話，感到有點心痛。

原來她用自己的方式，認真為黑須的將來著想。現在回想起來，她試圖束縛他，或許也是擔心他會太沉迷和年輕女人的戀愛。想到這裡，就為自己竟然沒有發現她的心意，想要讓她離開這個世界的愚蠢而厭惡自己。他在內心發誓，絕對不要再犯那樣的錯誤。他發自內心慶幸並沒有成功置她於死地。

電話是鹿野久美子打來的。一看時間，已經快下午兩點了。他早上八點才上床睡覺，所以還想再睡一下。

「喂？如果不是急事，可不可以晚點再打？」黑須聲音沙啞地說。他覺得口很渴。

「呃……那個，我是鹿野。呃……出事了。」

「怎麼了？發生了什麼事？」

黑須把電話放在耳邊，爬下了床。冰箱裡隨時有瓶裝水。

然而，當聽到鹿野久美子接下來說的話時，黑須趴在地上僵在那裡。

「什麼？妳再說一次。」

「就是，」鹿野久美子在電話那端吞著口水，「樅木老師死了。剛才在她家發現她的屍體。」

6

彌生死去的兩天後，兩名刑警來找黑須。

各大媒體都報導了她的死訊，黑須也掌握了大致的情況。

據說是為彌生打掃的幫傭發現了屍體。幫傭像往常一樣上午去打掃時，發現彌生倒在客廳。

黑須雖然沒見過，但知道彌生僱用了幫傭。曾經聽彌生說，幫傭的主要工作是打掃和洗衣服，同時為彌生做早午餐。如果彌生晚上沒有和別人約吃飯，也會為她做晚餐。

最在意的是死因。報導中提到，似乎是中毒身亡，而且懷疑毒藥混在葡萄酒中。

黑須忍不住想，簡直就和當時的狀況相同。但毒藥的種類不同，導致她死亡的是氰化物。

到底是怎麼回事？黑須正為此感到納悶，刑警就上門了。

年長的刑警姓三田，一頭白髮看起來上了年紀，但實際年齡可能並不大。年輕的刑警也自我介紹了名字，但黑須沒聽清楚。

刑警的第一個問題，就是問他對事件有何看法。

黑須輕輕攤開雙手，聳了聳肩。

「完全不知道是怎麼回事。這是我的真實感想。我相信兩位應該知道，平安夜有一場派對，我在派對上見到她，但她看起來神采奕奕，完全搞不懂她為什麼會自殺……」

三田抖了一下花白的眉毛。

「目前還沒有認定是自殺。」

黑須聽到這句話，發自內心地感到驚訝。因為他一直以為彌生是自殺。

「如果不是自殺，那是什麼？啊？該不會是他殺……」

三田不懷好意地笑了笑。

「太厲害了，你的動作和你的表情，看起來都像是非常自然的反應，完全不像是演出來的。」

黑須生氣地瞪著刑警，「什麼意思？」

三田一臉嚴肅地翻開記事本。

「關於你提到的聖誕派對，你去續攤之前去了哪裡？經紀人說你有重要的事，離開了一個小時。」

黑須一驚。原來他們已經事先打聽過自己的行蹤。為什麼？

「請等一下，我的行動和這起案子有關係嗎？」

「如果沒有關係，你應該可以回答吧？請問你那天在哪裡，又做了什麼？」
「……這是我的隱私，我不想回答。」
三田目不轉睛地看著黑須的臉。
「那我換一個方式發問，你最近什麼時候去過縱木彌生小姐家？」
黑須忍不住皺起眉頭，「你說什麼？」
「你沒有聽到嗎？我想請教你，最近什麼時候去了縱木小姐家。」
黑須感覺到自己的臉頰繃緊，但還是搖了搖頭。
「什麼意思？我為什麼會去縱木老師家裡？」
三田眨了幾次眼睛，又打量著黑須的臉。
「你的眼神是什麼意思？」黑須聲音中帶著怒氣問道。
「不，我只是覺得，你說的話和大家很不一樣。」
「哪裡不一樣？大家說了什麼？」
「不是別的，就是你和縱木老師之間的關係。聽說你們在交往。」
聽到三田輕鬆地這麼說，黑須忍不住慌了起來。
「你……你在說什麼？誰在造謠……」
「是造謠嗎？有好幾個人都這麼說，你的經紀人也這麼說，都說是半公開的秘密。」

黑須說不出話，眼前浮現出鹿野久美子戴著眼鏡的臉。原來她假裝不知道，卻發現了黑須和彌生的關係。

「就是這麼一回事，很多時候，只有當事人以為可以瞞天過海。聽說樅木小姐對這種狀況樂在其中。」

刑警的這句話令黑須更加愕然。彌生發現其他人知道他們之間的關係？

「就是這麼一回事。事到如今，希望你老實回答。你什麼時候去了樅木小姐家裡？如果你堅稱你們沒有交往，那我們就必須展開調查。你最好別小看警察，要查兩個男女有沒有交往這種事，根本易如反掌。」

三田這番話聽起來就像在威脅。一旦警方認真調查，當然馬上就會查出來。

黑須嘆著氣。

「我們的確曾經交往過，但並沒有很深入，而且，我們已經分手了。」

「分手？什麼時候？」

「好像是……一個月前。」他隨便回答。

「一個月？那就太奇怪了。」

「哪裡奇怪？」

三田向身旁的年輕刑警使了一個眼色。年輕刑警拿出一張照片。

黑須看到照片，忍不住倒吸了一口氣。照片上是那只懷錶。

「你應該看過吧？」三田問，「我們在劇團的排練室找到的，那是你專用的排練室。平安夜的前一天，樅木小姐購買了相同的物品。她皮夾裡有信用卡的刷卡單，這只懷錶是樅木小姐送給你的，沒錯吧？」

黑須想不到辯解的藉口，他沒有吭氣。

「你什麼時候收到這個禮物？」

黑須絞盡腦汁思考後回答說：「……派對的時候。」

「派對？就是那天的聖誕派對嗎？」

「沒錯。只有我們兩個人的時候，她交給我的，但並不是因為我是她男朋友，而是她想要為演員黑須加油。」

「演員黑須喔。」三田偏著頭說。

「是真的，請你們相信我。」

「樅木小姐不是在她家交給你的嗎？」

「不是，我沒去她家。」

「是嗎？你沒去嗎？」

三田把照片還給年輕刑警後，用指尖抓了抓臉頰，向黑須探出身體。

「那我告訴你一件事，樅木小姐的死，謀殺的可能性相當高。不，不是可能性相當高而已，而是可以斷言，就是謀殺。」

「有什麼根據嗎？」

「有好幾個根據。首先，」三田舉起一隻手，折起了大拇指，「不光在杯子，而且在酒瓶中也發現有成為她死因的毒藥——氰化物。如果是自殺，毒藥不會放進酒瓶，加入倒在杯子裡的葡萄酒中就足夠了。第二，放在碗櫃中的一個酒杯上還有水滴。很可能是和她在一起的人用了酒杯，然後洗乾淨後放回了碗櫃。」

怎麼可能？黑須心想。他雖然對毒藥放進酒瓶這件事一無所知，但記得酒杯的事。只不過他放回碗櫃之前，已經仔細擦乾了，不可能留下水滴。

「第三，」三田繼續說道，「包括房間的門把在內，到處都可以看到把指紋擦掉的痕跡。」

門把——

這的確很奇怪。黑須心想。如果是自殺，至少上面應該會有彌生的指紋。

「第四，找不到自殺的動機。樅木小姐隔天也要參加一個派對，聽說她很期待。怎麼樣？還有其他很多奇妙的點，但顯然是偽裝成自殺的他殺。你認為呢？」

黑須撇著嘴角。

「我瞭解你想表達的意思，但如果因為這樣就認定我是凶手，未免太奇怪了吧？」

「那就請你老實回答，你在派對結束後去了哪裡？不瞞你說，我們找到一輛計程車，在派對會場附近載客人到樅木小姐家。向司機瞭解情況後，發現和你那天的服裝極其相似。聽說你戴了眼鏡和口罩，不要小看計程車司機，你以為他們沒在看，其實他們觀察得一清二楚。」

黑須聽了刑警的話，感到背脊發冷。

「我……沒有去。」

「那你去了哪裡？」

「我去了排練場。」

「排練場？劇團的？」

「沒錯。因為我突然在意下次要演的那齣戲……這種時候，我就會馬上付諸行動，所以那天晚上也──」

「你為什麼沒有把這件事告訴經紀人？」

「這……並沒有特別的原因。如果我說要去排練場，她就必須和我一起去，那就太可憐了。」

「原來是這樣。」刑警連續點了幾次頭，但一臉完全不相信的表情，「也就是說，你那天沒去過樅木小姐家。」
「對，我從剛才就一直這麼說。」
三田挺直了身體，用俯視的眼神看著黑須。
「剛才提到了指紋，其實凶手在指紋的問題上，犯了一個重大疏失。凶手忘了擦掉一個地方的指紋。」
「啊……」
三田再度向身旁的刑警使了一個眼色。年輕刑警把兩張照片放在桌上，第一張是那棵聖誕樹。
「你看過這棵樹嗎？」三田問。
「沒有。」
「沒有？那就奇怪了。」三田拿起另一張照片，「請你看這張照片，照片上拍的是放這棵樹的景觀窗表面。在樹的底座旁，不是可以看到一枚白色的指紋嗎？」
黑須看了那張照片，差一點叫出來。上面的確有一枚清晰的指紋。
不可能。他忍不住想。和彌生兩個人一起看聖誕樹時，她握住了自己的手，但當時留下的指紋已經擦掉了。
「黑須先生，請你讓我們採集一下指紋。」三田用認真的語氣說道，「然後讓我們和這張照片上的指紋比對一下。如果你沒去過她家，指紋當然不可能一致，你也沒理由拒絕。那就麻煩你了。」

黑須看到刑警眼神中的冷酷，確信他們已經比對過指紋了。黑須有很多私人物品放在劇團，要採集他的指紋並非難事。這兩名刑警是在確認指紋一致之後才會上門。

但是，為什麼？為什麼會留下指紋？

黑須看著放在桌上的照片。看到放在景觀窗上的聖誕樹時，突然感到不太對勁。聖誕樹放在景觀窗的正中央，但那天晚上，他站在庭院看著彌生時，那棵聖誕樹並不在正中央，而是稍微偏左——從室內來看，就是稍微偏右。

他大吃一驚。因為他想到一個可怕的可能性。

黑須把曼陀羅的毒藥倒進葡萄酒時，他背對著彌生。也許她在那時候移動了聖誕樹，把他的指紋藏起來。然後在旁邊留下自己的指紋，讓他以為那是自己的指紋。

然而，必須有一個大前提，這個假設才能成立。

彌生知道黑須想要殺她。

怎麼可能？黑須忍不住想。然而，如果是這樣，一切都有了合理的解釋。

曼陀羅的毒藥也許是一種監視裝置。彌生發現自己不在家時，白色粉末減少了，發現黑須想要殺她。於是，她選擇不讓自己死於黑須之手，而是自我了斷，但嫁禍給他。因為這樣對黑須造成的精神痛苦更大。這是她用自己的生命復仇。
「怎麼了?你的臉色很蒼白。」三田說。
黑須舔了舔嘴唇後開了口。
「對不起,我剛才說了謊。我並沒有和她分手,幾天前,我去過她家……我想應該是當時留下的指紋。」
「幾天前?是哪一天?」
「好像是平安夜的……兩天前。」
三田無奈地皺起了臉。
「黑須先生,你既然要招供,就請你一五一十地說出來。平安夜的兩天前?不可能。你知道她請了幫傭吧?就是發現屍體的人。她在平安夜那天去了樅木小姐家,也仔細打掃過客廳,她說,她把所有地方都擦得很乾淨。既然留下你的指紋,只能是在那之後留下的。」
刑警很高招,一步一步把黑須逼入絕境。
「好,那我老實說。我是在派對之前去了她家。」
「派對前?不是派對後?」
「是傍晚。她約我在派對前單獨見面……」

三田搖了搖手。

「你不要說這種馬上就會被識破的謊。很多人都證實，你早上就去了排練場。經紀人也證實，在傍晚之後也聽到你從排練室傳出來的聲音。」

「那是——」

錄音。他沒有說出最後兩個字。因為當刑警問，為什麼要為自己製造不在場證明時，他無法回答。

「沒錯，我說謊，我是在派對之後去她家。」

三田露出笑容，「你終於願意說實話了。」

「但是，我並沒有殺她。我只是去她家和她乾杯而已，她是在我離開之後死的，這起事件和我無關。」

「原來如此，你來這一招。」笑容從三田的臉上消失了，「請問你們是用什麼酒乾杯？」

「當然是葡萄、酒。」

「是嗎？那你為什麼沒事？」

「什麼沒事？」

「我剛才不是說了嗎？毒藥加在酒瓶裡，如果你們用葡萄酒乾杯，你現在還活在這裡就很奇怪了。」

「啊……」

黑須微張著嘴，吐了一口氣。他覺得一切都無所謂了。

「怎麼樣？你打算繼續狡辯嗎？」三田冷冷地問。

黑須搖了搖頭，還是趁早放棄，招供自己的殺人計畫。雖然會被追究罪責，但應該比殺人罪輕。

但是，警察會相信嗎？

「你們願意聽嗎？這件事說來話長。」黑須無力地說。

「沒問題。因為職業的關係，我們已經習慣聽長故事。那就換個地方說吧。」三田站了起來。

黑須再度看著桌上的照片，看到那棵聖誕樹，想起彌生在那天說的話。

「不能掛十字架嗎？」

「啊？」三田瞪大了眼睛。

「我聽說聖誕樹上不能掛十字架，真的有這回事嗎？」

「不知道。」三田偏著頭，似乎沒有太大的興趣。

這時，年輕刑警開了口。

「聖誕節是慶祝耶穌誕生，所以有人認為不適合掛讓人聯想到死亡的十字架。」
「聯想到死？」
「只是有此一說。」
「喔，是喔。謝謝你。」
彌生應該想要說，聖誕節不可以死。黑須心想，我完全同意。

水晶佛珠

1

直樹在打工的那家鐵板燒餐廳用花俏的動作切食材時，電話響了。雖然他知道手機在廚師衣下震動，但還是繼續工作。除了切肉以外，還讓火焰高高竄起，讓吧檯前的客人樂在其中。今天晚上的客人中也有小孩子，所以他比平時多花了點心思在表演上，不一會兒，手機就安靜了。

圍坐在ㄇ字形鐵板周圍的客人總共有八人，其中三個人是日本人，但從他們的談話中知道，他們並不是來美國旅行，而是住在波士頓的家庭。小孩子是大約十歲左右的男生。

「我完全不知道這麼近的地方就有一家鐵板燒。」看起來像是父親的人說，「而且價格很實惠，真是太好了。」

「對啊，我原本還以為要去紐約才能吃到呢。」回答的是看起來像他妻子的女人。

「歡迎你們隨時光臨，這裡除了鐵板燒以外，還有很多日本餐點。」直樹把煎好的肉分給他們時說道。

「我們一定會光顧，有烏龍麵和丼飯真是太好了。」那個女人說完這句話，抬頭看著直樹的臉說：「我剛才就有點在意，一直覺得好像在哪裡見過你。」

「是嗎？因為我是大眾臉。」

「沒這回事，你這麼英俊，當廚師簡直有點可惜了。對不對？」

「是啊，很帥。」那位丈夫甚至沒有好好看直樹的臉，就附和著，然後吃了起來。他只是配合太太說話，對直樹並沒有太大的興趣。

「謝謝。三位請慢用。」直樹鞠了一躬後，退回了廚房。

他拿出手機，確認了來電紀錄，驚訝地發現是住在日本的姊姊貴美子打來的。雖然之前曾經留電話給她，但她很少打電話來。今天不但打了電話，而且還寄了電子郵件，說有重要的事，請他有空時回電話。

直樹懶得回電子郵件，所以就直接打電話。

「喂，直樹嗎？」電話立刻就接通了，傳來貴美子的聲音。雖然是國際電話，但聲音很清楚。

「是啊，有什麼事？雖然我不知道妳那裡現在幾點，但我還在工作。」

「那我就單刀直入說重點。你下個月十四日可以回來嗎？我說的是日本時間十四日，你那裡是十三日吧？」

「什麼事？太突然了，那天有什麼事嗎？」

「你忘了嗎？十四日是爸爸的生日，所以想為他舉辦一個小型慶生會。」

「啊？搞什麼啊，妳別為這種事打電話來美國，我很忙。」

「希望你可以回來，無論如何都希望你回來。」

姊姊的語氣很堅持，直樹有點在意，但還是只能回答說：「不可能啊，我怎麼可能為這種事回國？」

「但這是最後一次了。」

「什麼最後一次？」

「最後一次見到爸爸。」

直樹驚訝得說不出話，他調整呼吸後問：「這是怎麼回事？」

「癌症，末期，已經擴散到肝臟和胰臟……各個器官了。」

直樹的心跳加速。因為他完全沒有想到。「我完全不知道這件事。」

「我和媽媽討論後，決定到緊要關頭再通知你。因為我們猜想目前對你來說，應該是重要的時期。」

直樹再度說不出話。他這才知道原來大家都很關心他。

「癌症……喔，已經沒辦法救了嗎？」

「醫生說，已經沒辦法了，隨時可能離開。雖然他努力打起精神，但我相信他應該渾身都很痛。」

直樹握緊手機。最後一次和父親見面時，他身體好得不得了，如今卻快死了。光是聽姊姊這麼說，完全沒有真實感。

「我說，」貴美子問：「你真的沒辦法回來嗎？我很希望爸爸最後能夠看到你。」

直樹深呼吸後開了口，「他應該不想見到我吧。」

「為什麼？」

「沒為什麼啊，不用我說妳也知道，他和我斷絕了父子關係，我已經七年沒見他了。他一定覺得，我現在有什麼臉回去見他。」

「怎麼可能！」貴美不加思索地說，「世界上有哪個父親在死前不想見親生兒子？雖然發生很多事，他嘴上也不說，但他當然想要見你。爸爸也知道自己所剩的時間不多了，所以拜託你回來。」

姊姊說的每一句話都在直樹的內心深處產生迴響，似乎不允許他只是因為逞強而堅持。

「下週要試鏡。」直樹壓低嗓門說，「對我來說，是一個很重要的機會，我不能錯過這個機會。」

「試鏡喔……原來是這樣，不能想想辦法嗎？」

直樹在腦袋裡計算著。

「慶生會是日本時間十四日，如果我隔天一早搭機回來，應該可以剛好趕上。」

「這樣……會不會太累？」貴美子的聲音低了八度，可能覺得不能太勉強直樹。

「讓我想一下，如果有心情就會回去，但也可能沒辦法。」

「我知道了。」

「我還在忙，那就掛囉。」說完，他掛上了電話。

走回客席之前，他去了洗手間，整理了儀容。看到鏡子中的臉，想起了父親真一郎。他從以前就不太喜歡別人說他像父親一樣相貌堂堂。

度會家是地方城市的大戶人家，連續好幾代都支撐著當地的經濟，真一郎也經營了好幾家企業。

直樹在本地的國立大學畢業後，曾經進入真一郎擔任總裁的地方電子零件製造公司工作。他當然沒有任何特殊待遇，和其他員工一樣挨罵，在工作上被人比較、被人評價。

他在一年多之後辭職，並不是因為對遭到這樣的對待感到不滿，也不是對自己的工作不滿意。理由只有一個，他有其他想做的事。

那就是演戲。他從高中時就開始對演戲產生了興趣，尤其是電影。進大學後，參加社團自己拍電影。雖然每次都是由直樹演主角，但其他成員向來沒有意見。他的夢想是去好萊塢演戲。

在進公司之後，他也一直為這件事煩惱。真的要放棄成為演員的夢想嗎？就這樣一直當上班族，人生不會有遺憾嗎？

他在苦思之後，沒有和任何人商量，就自己做出了結論。他下定決心，走自己該走的路。無論結果如何，都由自己承擔。沒有挑戰就不可能得到幸福。這是自己的人生，別人沒資格說三道四。

然而，當然有來自各方的怨言。最生氣的就是真一郎。

「只做了一年就放棄的人，無論做什麼都成不了氣候。你想當演員？去好萊塢演電影？笑死人了，你最多只能演一個沒有角色名字，也沒有台詞的路人。我從小讓你讀英文，可不是為了讓你去做這種事。不要再說廢話了，趕快回公司，我會負責跟主管說，當作沒有收到你的辭職信。」

「我並不是對工作不負責任，我已經處理好手上的所有工作，因為我有其他想做的事，所以這也沒辦法。」

「你少天真了，並不是每個人都對自己目前的工作和地位感到滿意，但還是努力從中發現生命的意義。」

「放棄夢想，生命還有什麼意義？」

「所以我說你天真啊。你以為從小到大，是誰讓你過著衣食不愁的生活？難道你沒想到，現在該輪到你做出貢獻了嗎？」

「我要用其他方式來做這件事。」

「別鬧了，我可沒有閒工夫來陪你做夢。」

「我並沒有要你陪我做夢。」

「我身為度會家的家主，難道看到兒子胡來，也袖手旁觀嗎？」

父子之間的對話永遠都是平行線，真一郎大發雷霆，祭出了最後的王牌，說要和直樹斷絕父子關係。

「既然你這麼說，那就隨你的便，但我們不再是父子，我當然也不會提供任何援助給你。無論你死在哪裡，我都不會去為你收屍。」

「好，那我會做自己想做的事。」七年前，他留下這句話離開了家，然後立刻來到美國，邊打工邊學習表演。他從小就開始學英文，所以在語言上幾乎沒有遇到問題。

但是，不光是演員，對想要在美國成功的人來說，會說英語是理所當然的事。現實比他原本預料的更加嚴峻，表演的世界並沒有那麼好混，可以讓在日本不曾有過任何演藝經驗的人很快找到工作，更何況這裡對日本演員的需求並不高。即使偶爾要找日本演員，也必須和許多韓國人或中國人的演員競爭。即使電影中的角色是日本人，但那些美國的工作人員看不出有什麼不同。

他在參加獨立電影和廣告演出後，偶爾會接到大型製作公司的邀請，但當然都是沒有台詞的小角色。剛才的女客人說好像曾經見過直樹，應該是看過他參與演出的某部作品。

美國不愧是到處都有機會的國家，這次將拍攝在全世界放映的電影大作，故事的主角是日本人，將透過試鏡決定主角人選，而且也很歡迎默默無聞的演員參加試鏡。直樹立刻報了名，目前已經通過資料審核。光是這一點，就已經很不容易。

直樹開始做夢。如果通過試鏡，拍完的電影也在日本大紅，就要讓那些之前不看好自己的人大吃一驚。當自己凱旋歸國時，父親不知道會露出怎樣的表情。這是他最大的樂趣——

但是——

聽了姊姊剛才說的話，他知道即使順利通過試境，父親也活不到那一天。

2

直樹坐在成田機場往都心的列車上，看著車窗外，沉浸在自己真的回國的感慨中。離開日本只有短短七年，目前所看到的也並不是特別熟悉的風景，但他還是覺得刺激了遙遠的記憶。

見到大家之後，第一句話要說什麼？如果別人問及自己的近況，到底該怎麼回答？最好還是不要說馬上就會被識破的謊言，和虛榮的人打交道太累了。乾脆實話實說，告訴大家自己目前很辛苦，遲遲無法順利，但還在繼續努力。這樣反而比較安心。嗯，就這麼辦，不要打腫臉充胖子——他在內心決定好方針。

抵達東京車站後，他立刻準備去搭新幹線。接下來還要搭兩個小時的新幹線才能回到老家。

他走向窗口準備買車票時，放在手袋裡的手機震動起來。他以為是貴美子打來的，沒想到是一個陌生的號碼。

「喂？」他接起電話。

「直樹嗎？」對方問道。聲音低沉而沙啞。雖然七年沒聽到這個聲音，但他眼前立刻浮現出對方的面容。

「對。」

「是我，你聽得出來吧。」

「對……爸爸。」

「沒錯，你目前人在哪裡？」

「哪裡……你為什麼這麼問？」

「回答我的問題。你在哪裡？你是不是已經回到日本了？」

真一郎似乎知道直樹回國的事。八成是貴美子告訴他的。直樹只告訴貴美子，他今天會回國。

「在東京車站，準備搭新幹線。」

「喔，是喔。你終於發現了嗎？」

「發現？發現什麼？」

「發現自己的夢想多麼荒唐。沒關係，你不必放在心上。血氣方剛的時候，總是搞不清楚狀況，每個人都以為自己是鑽石的原石，我以前也——」

「等一下。」直樹打斷了真一郎的話，「你在說什麼？荒唐的夢想是什麼？」

「就是你以前吹的牛皮啊，你不是說，想去好萊塢演電影嗎？」

聽到父親說他吹牛皮，他火冒三丈。

「這個夢想還在持續，我並沒有放棄夢想。」

「哼。」電話中傳來不屑的聲音。

「你放棄了吧？我以為你放棄了，所以才會滿不在乎地回來。難道不是嗎？」

「我怎麼可能放棄？我先聲明，我並不是因為失敗回國，而是姊姊拜託我回來參加你的慶生會，我才勉強搭飛機回來。參加完慶生會，我馬上就要飛回去。因為有一個重要的試鏡機會。」

直樹這次聽到了咂嘴的聲音。

「我勸你算了吧，你這種人不可能通過試鏡，不如直接留在日本，找一份像樣的工作。我會為你安排妥當。」

「不必費心，我不試試，怎麼知道能不能通過試鏡。」

「我已經知道了。能夠在比賽中獲勝的人，會做好萬全的準備。勝利的女神會對在重要的比賽前回國的人露出微笑嗎？」

「這是對千里迢迢趕回來為自己慶生的人該說的話嗎？」

「我可沒拜託你回來為我慶生，何況我都這把年紀了，生日完全沒什麼好高興的。沒關係，既然你回來了，就回家吧。我們見面之後好好聊聊你以後的事。」

「沒必要。」直樹把手機放在耳邊，轉身離開了窗口，「既然你這麼說，我也沒必要回去了。我直接飛回美國，回去為試鏡做準備。」

「別做傻事了，這是浪費時間。」

「和你見面才是浪費時間。」直樹說完，掛上了電話，大步走向剛才下車的車站。他以為父親可能會再打電話來，但之後一直沒聽到鈴聲。直樹當然也無意打電話給他。

他帶著複雜的心情搭上了往成田的列車，再度看著剛才欣賞過的風景，打電話給貴美子。電話很快就接通了。

「直樹嗎？看來你順利回國了。你人在哪裡？」姊姊毫不知情，用開朗的語氣問道。

「我剛才到了東京車站，現在正準備回成田機場。」

「啊？怎麼回事？發生什麼事了？」貴美子當然納悶地問。

「妳去問爸爸就知道了，總之，我決定不回去了。」

「爸爸？到底怎麼回事？」

「妳問爸爸就知道了，代我向大家問好。」

直樹說完，不等貴美子回答，就掛上了電話。他把手機放回口袋，覺得自己應該再也見不到父親了。雖然對父親直到最後都無法理解自己的夢想感到遺憾，卻同時也冷靜地覺得雖說是父子，但彼此真的合不來，只能說是沒有緣分。

3

距離前一次回國的三週後，直樹再度回到日本。和上次一樣，他從成田機場到東京後，搭上了新幹線。真一郎這次沒打電話來。他當然不可能打電話來，因為他已經離開人世了。

兩天前，接到貴美子的電話。「爸爸死了，希望你可以回來參加守靈夜和葬禮。」之前就聽說父親病情急速惡化，已經陷入病危狀態，所以他已經隨時做好了回國的準備。

回到家裡，母親聰代和姊姊貴美子正忙著準備守靈夜的事，但看到多年不見的直樹，還是問了很多問題。

「聽貴美子說，你會回來參加爸爸的慶生會，我還很期待見到你。」聰代頗有怨氣地說。

「我不是在電話中告訴姊姊原因了嗎？」直樹看著姊姊。

「關於這件事，我也有點搞不清楚是怎麼回事。你對我說之後，我問了爸爸，他什麼都沒說，只說叫我別管你。到底發生什麼事？」

「我到東京車站時，正準備搭新幹線，接到了爸爸的電話。」

直樹把三個星期前，和真一郎的對話告訴她們。

貴美子和聰代互看了一眼，偏著頭說：

「太奇怪了，爸爸為什麼知道你回來的事？」

「不是妳告訴他的嗎？」

「我沒告訴他，而且慶生會也是給爸爸的意外驚喜。」

聽貴美子說，當天向父親住院的醫院借了特別的房間，為父親舉行了慶生會。除了親戚以外，還邀請了一些老朋友，所以當天很熱鬧。

「接到你電話時，我正在為慶生會做準備，爸爸應該完全不知道。」

「可能有人告訴他吧。」

「我覺得不可能，而且只有我和媽媽知道你要回來。」

「我可沒有說。」聰代說。

「而且，爸爸怎麼會知道直樹的手機號碼？」貴美子皺起了眉頭。

「我以為也是妳告訴爸爸的。」

直樹去美國之後，只有貴美子知道他的電話號碼。

「我沒告訴他，他也沒問過我。」

「那到底是怎麼回事？」

「正因為不知道，所以才覺得奇怪啊。」

的確很奇怪。真一郎到底使用了什麼魔法？

還有另一件奇怪的事。真一郎為什麼會在那個時間點打電話？如果沒有接到那通電話，直樹應該就會回家。真一郎想要當面對直樹說教的話，完全可以等他回家後再說。

「直樹，試鏡的結果怎麼樣？」貴美子問。

這是直樹最不想被問到的事，他聳了聳肩說：「落選了。」

姊姊露出失望的表情說：「是喔。」

「雖然進入了最後甄選。」

他說了謊。其實他在最後甄選之前就被刷了下來。他不知道原因，負責甄選的人也不會向他說明落選的原因，他們只挑選需要的人材。他們覺得這部電影不需要直樹，就這麼簡單。電影的製作人原本說，希望由日本人來演日本人的角色，直樹興奮地以為對自己很有利，但只有韓國人和台灣人進入了最後甄選。

他很受打擊，遲遲無法復原。不，現在仍然沒有復原。他整天不想做任何事，每天碌碌無為，開始覺得也許該放棄成為演員的夢想。就在這時，接到了真一郎的噩耗。

4

真一郎是當地的名人，所以守靈夜的規模盛大。守靈夜的除穢飯簡直就像是小型宴會。母親聽代忙著招呼地方上的鄉紳名流和公司方面的人，忙得一刻都不得閒。直樹雖然是長子，但因為離家多年，不需要張羅這些瑣事，他對此感到有點愧疚。

當這些人離開後，親戚都紛紛圍在直樹他們家屬周圍。他們熱情歡迎離開七年才回家的度會家長子。大家都知道他在美國學演戲，也知道真一郎直到最後都沒有諒解。他們問了直樹的近況，直樹也老實回答說，仍然過著居於人下的生活。

「直樹，你沒問題的。因為你是度會家的長子，一定會成功。」真一郎的堂哥語氣堅定地說。

「是啊，因為你繼承了度會家的血緣。」姑姑也表示同意。

直樹苦笑說：「如果靠血緣就可以成功，就不需要這麼辛苦了。」

沒想到真一郎的堂哥一臉嚴肅地搖了搖頭說：

「不要小看度會家的血緣，真正的比賽從現在才開始。度會家的繼承人都會在前一任家主辭世之後開始發揮本領。直樹，你應該也聽過水晶佛珠的事吧？」

「喔……是啊。」

「真一郎去世之後，水晶佛珠就由你來繼承，希望你也可以留下絲毫不比各代家主遜色的成就。並不一定要事業成功，或是留下鉅額的財產，只要貫徹自己，無愧於身為度會家長子的身分就好。如此一來，必定會有成果。這就是那串佛珠的力量。」

聽了這番振奮人心的話，直樹默然無語，輕輕點了點頭。

水晶佛珠是度會家代代相傳的寶物。家主辭世後，就會交給繼承人。據說佛珠有神秘的力量，讓度會家累積財富，並且化解危機，但只有繼承人知道如何才能激發這種力量。

「直樹，你是不是懷疑佛珠的力量？」

直樹抓了抓頭。

「老實說，的確是這樣。我想佛珠應該只是象徵，提醒我要有身為度會家長子的自覺吧？」

「不是，不是。」周圍的親戚紛紛搖頭。

「你根本不瞭解狀況。」

「沒想到你竟然這樣看佛珠。」

「才沒有這麼簡單呢。」

每個人都很受不了地說。

「你聽我說，」真一郎的堂哥在親戚中德高望重，他再度開了口，「直樹會這麼想也情有可原，但是，每一代家主都這樣。繼承了佛珠的人，從那天開始就完全變了樣，變得很有氣魄，賭運也很強。真一郎也一樣。雖然這麼說不太好，但他年輕時很膽小，沒想到繼承佛珠之後，整個人都變了，變得大膽無敵，無所畏懼，而且賭運很強。在商場上，曾經好幾次挑戰一輩子難得有幾回的大場面，每次都獲得巨大的成功。他一旦決定要挑戰，就完全不聽旁人的勸阻。」

「我們的爸爸也一樣，」姑姑說，「直樹，就是你的爺爺。他的賭運也很強。雖然他個性很踏實，但他在人生只此一次的重要場合獲勝，得到了財富。聽說我們的祖父也是這樣。度會家的長子得到水晶佛珠後，在緊要關頭都不會輸。這絕對不是巧合。」

直樹不太相信，但並沒有否認。因為他覺得在這些相信佛珠力量的老人面前說什麼都是白費口舌。

「雖然有佛珠的力量加持，但還是無法戰勝疾病。」另一位男性親戚深有感慨地說，「真一郎應該希望自己活久一點，他一定很不甘心。」

聰代聽了之後插嘴說：「不，這倒沒有，他還說很慶幸自己得的是癌症。」

「怎麼回事？這句話是什麼意思？」

「他說，人終有一死。壽終正寢最理想，否則就希望得癌症。能夠在感受所剩的生命同時，慢慢走向死亡也不錯。他最不希望因為腦梗塞或是蜘蛛膜下腔出血導致昏迷，然後就這樣死去。所以他一直很小心預防大腦的疾病。」

直樹也知道這件事。父親生前一直說，血壓高對大腦不好，所以一直減少攝取鹽分高的食物。

「他也很小心車禍。」貴美子說，「尤其是車禍。他說搭飛機或船並不可怕，但搭車很可怕。因為搭飛機和船時，即使發生意外，並不會即刻死亡，但車禍真的就沒有任何緩衝的時間，所以最討厭。」

大家都笑了起來。

「他的價值觀真奇怪。」

「看來他對死法很講究。」

「他在工作上這麼有成就，難免有些奇怪的習慣。」

大家紛紛說道，聊天的主題也漸漸偏離了水晶佛珠。直樹聽了，暗自鬆了一口氣。因為他最怕大家聊到身為度會家繼承人的責任和義務。

5

吃完除穢飯，只有幾個人留在殯儀館。今天晚上只有家屬會在這裡過夜。直樹走去舉辦葬禮的會場，發現貴美子坐在棺材前的鐵管椅上。

「辛苦了。」直樹說完，坐在姊姊身旁。

「你也辛苦了。」姊姊回答，「你什麼時候回美國？」

直樹低吟了一聲，「還沒有決定，但要等葬禮辦完之後。」

「是喔。反對你當演員的爸爸已經死了，你應該更能夠好好努力吧？」

「之前也從來沒有在意爸爸的事，而且，」他又接著說了下去，「雖然會先回美國，但我覺得可能差不多了。」

貴美子驚訝地看著他，「你是說，要放棄當演員嗎？」

「嗯，差不多就是這個意思。我努力了七年，發現了很多事，光靠努力，無法在那個行業獲得成功。當演員需要有某些與生俱來的東西，可惜我並沒有。」

「你怎麼了？竟然說這種洩氣的話。當初離家時，不是野心勃勃嗎？」

「我終於瞭解了現實，就好像奧運的百米賽跑中，從來沒有日本人獲得金牌。」

「你不是有佛珠嗎？那串水晶佛珠有神奇的力量，以後就屬於你的了。」

直樹聳了聳肩，皺著眉頭說：「妳相信那些話嗎？」

「但爸爸也是在爺爺死了之後，好像變了一個人，我也明顯感覺到這一點。在那之前，他根本不是那麼有氣魄的人。那時候你還小，所以可能不記得了。」

「我真的不記得，從我懂事的時候開始，爸爸就是那種人。」

直樹抬頭看著放在祭壇上的遺照。因為打高爾夫球而曬得黝黑的真一郎霸氣地坐在那裡，撇著嘴角的表情好像隨時會挖苦人，但他可能覺得自己在笑。

「直樹，」後方傳來叫聲，聰代走了過來。

「已經過半夜十二點了。」

直樹看著手錶。沒錯，時針指向半夜十二點零三分。

「怎麼了嗎？」

聰代打開帶來的皮包，拿出一個紫色的袋子和信封。

「規定要在守靈夜的半夜十二點後交給你。」

直樹站了起來，接過母親遞過來的兩樣東西。拿出裝在紫色袋子裡的東西，發現是水晶佛珠。

信封上用毛筆寫著『遺囑　度會直樹啟』。

直樹覺得腋下冒汗，他想不到該說什麼。

「貴美子，」聽代叫著女兒的名字，「讓直樹一個人在這裡。」

「嗯。」貴美子點了點頭之後站了起來，瞥了直樹的手一眼之後，默默走向出口。

「你可以在爸爸身旁好好看這封信。」聽代看著棺材說，「我們不會打擾你。」

「這上面寫了什麼？」直樹指著信封問。

聽代無奈地噗哧笑了起來。

「這種事，我怎麼會知道？但是——」聽代恢復了嚴肅的表情後繼續說道，「我相信上面寫了對你人生很重要的事，這一點不會錯。」

「叫我相信佛珠的力量嗎？」

「有可能。」聽代一臉嚴肅的表情化解了兒子的諷刺，走了出去。

直樹再度在鐵管椅上坐了下來。信封用黏膠黏了起來。

他抬頭看著遺照，真一郎一臉悠然的表情，好像在對他說，要認真看。

直樹深呼吸後，用指尖抓住信封角落，然後小心翼翼地撕開了信封。

他取出了折起的信紙。反正不會寫什麼重要的事——雖然這麼想，但仍然感覺到心跳加速。他緩緩攤開信紙。

信紙上是真一郎親筆寫的字。開頭就寫著：『這是度會真一郎的遺囑，只有一個人，度會直樹可以看這份遺囑。』空了一行後，寫了『直樹』的名字。直樹想要吞口水，卻發現自己口乾舌燥。

『直樹：

不知道你目前帶著怎樣的心情看這份遺囑，你是不是以為我一定會長篇大論對你說教，也可能緊張地以為我要和你談極其無聊的精神論，感到很受不了？

但是，你不必擔心，這份遺囑不會寫這些東西。度會家對每一代繼承人說的話，完全屬於不同的性質。

簡單地說，這份遺囑就是使用說明書。

我想應該不需要說明是什麼東西的使用說明書，當然就是水晶佛珠。我必須告訴你要如何使用水晶佛珠。

我可以想像你洩氣的表情。你一定在想，怎麼又是這件事？我相信那些親戚中，已經有人告訴你很多聽起來像是迷信和妄想的事。

但是，千萬不要小看水晶佛珠，水晶佛珠絕對不只是護身符或是象徵，而是具備了明確力量的祕術珍寶，它的力量可以與鉅額財富匹敵。不，如果從金錢無法買到的角度來看，它完全超越了鉅額財富。

我所剩的時間不多了，而且也不喜歡賣關子，所以開場白就不多囉嗦了。我要向你說明，水晶佛珠到底具有什麼力量。

那就是讓時間倒轉的力量。

只要雙手握住水晶佛珠，唸一段咒語，就可以回到過去。用現代的話來說，就是穿越時空。這才是度會家代代相傳的秘技，也是讓家族繁榮的根源，更是擺脫困境的王牌。

我猜想你一定不相信，我在你爺爺告訴我時，也完全不相信，但這件事千真萬確。你爺爺靠這種力量在人生最大的買賣中賺了錢。因為他知道買賣的結果，所以回到過去，投入了所有的財產。

但是，一輩子只能用一次這種力量，而且也只能回到過去一天。一旦使用之後，到死之前，別人也無法再次使用。

可以自由決定什麼時候、如何使用。如果想用在買賠率超過一百倍的賽馬券上也沒有問題，也可以留到走投無路，身陷生命危機時使用。

你可以好好思考該如何使用這種能力，當你發現這種力量真正的美妙時，你必定會成為更了不起的人。

我當然已經用過，在人生中最重要的時刻使用了這種力量。在此就不詳述內容，說了就沒意思。

廢話不多說。我建議你和我一樣，用遺囑的方式傳達給繼承的人。

我會在文末寫上咒語，祈禱你能有意義地使用這種力量。

度會真一郎』

6

在比守靈夜更隆重盛大地舉行葬禮的隔天早晨，直樹離開了家，出發前往美國。貴美子和聰代送他到門口。

「整理房間和辦理相關手續可能需要一個星期左右。等我處理完所有的事，會再和妳們聯絡。」

「所以你處理完之後，就會馬上回來？」聰代問。

「目前是這麼打算。」

「你回來日本之後，有什麼打算？」貴美子露出意味深長的眼神，「去爸爸留下的公司上班嗎？」

「這也是選項之一，這樣不行嗎？」

「不，」姊姊搖著頭，「只要你喜歡就好。」

「妳不必擔心，我不會靠父親的遺產遊手好閒。」

「我才不擔心這種事，只是希望你不會後悔。」

姊姊的話刺進了他的心裡，但他努力不讓這種痛苦寫在臉上。

「那我走了。」他對母親和姊姊說完後，走出了家門。

來到車站後，他搭上了舊國鐵，幸好車上沒什麼人，他獨佔了四人的包廂座位。

到可以轉新幹線的車站差不多要二十分鐘，他打開旅行袋，拿出塞在內袋裡的信封。就是那封遺囑。他已經看了超過十次，幾乎記住了所有的內容，但還是忍不住一次又一次重複看。也許是想確認這並不是一場夢。

看完之後，他嘆了一口氣。每次都這樣。

信上寫的內容是事實嗎？這份遺囑是真的嗎？遺囑上當然是真一郎的筆跡，而且，父親也不會開玩笑或是說謊寫這些內容。不，不光是真一郎，應該沒有人會在自己的遺囑上寫一些好像夢話般的謊言。

也就是說，這是事實。水晶佛珠真的有回到過去的力量嗎？

遺囑的最後寫了十六個片假名，那似乎就是咒語。雖然無法瞭解這十六個片假名的意思，但因為不長，所以記住並不費力。應該說，他已經記住了。

他把遺囑放回皮包，摸著夾克的口袋。口袋稍微鼓了起來，裡面放著水晶佛珠。

這件事令人難以置信。可以回到過去一天——真的有辦法做到這種事嗎？他很想試一試，但一輩子只有一次，所以不能輕易浪費。

然而，如果遺囑上的內容是真，很多事都有了合理的解釋，也可以說明親戚的老人家，和貴美子所說的，原本膽小的真一郎為什麼突然變得大膽，而且賭運也變得很強。

即使賭輸了，只要回到過去，就能夠改變結果。如果沒有失敗，就可以保留佛珠的力量。也就是說，雖然在旁人眼中是一輩子難得一見的大賭局，但對當事人來說，並不是這麼一回事。

爺爺在一輩子最大的買賣中大賺了一票，聽說之後就腳踏實地過日子。如果按照遺囑上所說，爺爺應該在當時使用了水晶佛珠的力量，之後只好乖乖過日子。

真一郎也在商場上多次下了很大的賭注。也許他覺得萬一失敗，就可以借助水晶佛珠的力量，但最後都沒有派上用場，所以他才會多次挑戰。

但是，真一郎到底什麼時候使用了水晶佛珠的力量？遺囑中只說提這種事沒意思，所以並沒有說。

遺囑中還有一句讓直樹很在意的話。在提到水晶佛珠的用途時，真一郎說，也可以留在走投無路，身陷生命危機時使用。

守靈夜時，大家討論了真一郎的奇妙想法。他說在搭飛機和船時，萬一發生意外，並不會即刻死亡，但發生車禍時，就會馬上斃命，所以覺得很可怕。

如果真一郎相信佛珠的力量，就可以解釋他為什麼會有這種想法。當他所搭的飛機或船陷入困境時，只要回到前一天，不搭那班飛機或船就解決了。但如果發生車禍當場死亡，佛珠的力量根本無用武之地。

他又想起真一郎很害怕罹患大腦的疾病，很慶幸自己得了癌症。那應該也和佛珠有關。如果失去了意識，就無法使用佛珠，所以不想得大腦方面的疾病，但罹患癌症不會馬上昏迷，還有機會使用佛珠。

如果是這樣，就代表真一郎在因為罹癌病倒之前，還沒有使用過佛珠，但是他在遺囑上明確寫著，他已經用過了。

越想越覺得有很多不解之謎。如果佛珠有這種力量，的確能夠壯膽，可以毫不猶豫地挑戰一翻兩瞪眼的大場面。但如果只是傳說怎麼辦？有沒有人以為可以回到過去，參加了挑戰，結果什麼都沒發生，導致失敗？

直樹搖了搖頭。因為現在想這些事也沒有用。他覺得最好不要相信佛珠的力量。比起這種事，更應該思考下一次回國之後該怎麼辦。放棄了成為演員的夢想，接下來該怎麼辦？去真一郎的公司上班似乎更務實。

直樹終於到了目的地的車站，他拿起皮包下車，走去搭新幹線。

來到售票處，一個身穿西裝，年約四十多歲的男人對售票口內的工作人員大吼小叫。

「如果新幹線按時運行，我們就可以順利簽到合約。是因為我們臨時改變行程，生意才會被其他公司搶走。所以，歸根究底是你們公司的錯，難道我說錯了嗎？」男人的情緒似乎很激動，說話也很大聲。

「真的很抱歉。」售票口的男人向他道歉。

「如果你真的感到抱歉，就不要只是嘴上說說而已，而是要賠償！」

「我剛才已經說了，這有點困難……」

「但退票不是在這裡嗎？」

「是啊，但你說的並不是退票的問題。」

「先生，」另一個售票口的男性工作人員叫著直樹，「請來這裡買票。」

直樹走去售票口，買了到東京車站的車票和自由席特急券。

剛才那個男人仍然在隔壁售票口前大聲吼叫著。

「讓您久等了。」售票口的工作人員把車票放在直樹面前，「這是到東京車站的車票，這是自由席特急券。」

「算了！」西裝男人吼道，「和你們沒什麼好說的，我要去找站長。」他怒氣沖沖地轉身離去。

直樹在付車票錢的同時，小聲地問：「發生什麼事了？」

工作人員苦笑著說：

「就是上個月的墜機事件，因為新幹線停駛，造成他的生意無法順利成交，所以遷怒在我們身上。」

「墜機事件？」

「對啊，我們也是受害者。」

原來發生了這種事。雖然他平時向來很關心日本的新聞，但那時候他在美國，完全不知道這件事。

直樹在月台上等新幹線時，拿出手機查了一下，很快就發現了相關新聞。一架民間的小型飛機墜落在新幹線的鐵軌上，導致新幹線雙向全面停駛，被耽誤的班次最多延誤了六個小時。

直樹又看了日期，忍不住大吃一驚。是上個月十五日，也就是真一郎慶生會的隔天。他原本打算那天一大早搭新幹線去趕飛往美國的班機。

所以——

如果那時候沒有馬上折返回東京車站，直樹就趕不上飛往美國的班機，也趕不上那天的試鏡。

直樹忍不住嘴角上揚。自己不知道是運氣好還是運氣差，如果真的沒有趕上試鏡，現在應該無法放棄成為演員的夢想，一定會懊惱，如果自己趕上試鏡，一定可以被選上，必定後悔不應該去參加父親的慶生會。

想到這裡，有什麼東西在腦袋裡閃了一下。

真一郎為什麼會知道自己將出席慶生會？為什麼知道自己的手機號碼？為什麼會在那個時間點打電話給自己？

直樹在口袋裡摸了一下，拿出了水晶佛珠。

他發揮了想像力。也許真一郎在打電話給自己時，已經知道在未來二十四小時內發生的事。

獨生子出現在妻女為他舉辦的驚喜慶生會上。久別重逢，雖然有點尷尬，但雙方漸漸敞開了心房，相談甚歡，真一郎也得知了兒子的電話。兒子參加完慶生會就離開了，準備回美國參加試鏡，沒想到發生意外，新幹線停駛了。兒子無法回美國，失去了最大的機會——

不，真一郎不是知道，而是親身經歷了這一切。

真一郎看到兒子悲嘆不已，使用到目前為止的人生中，從來沒有使用過的秘術。他回到過去一天，然後打電話給剛到東京的兒子，卻無法向兒子說明實情。即使說了，兒子也只會認為父親腦筋有問題。所以他故意說那些惹人討厭的話，把兒子惹火。兒子一如他的預期，火冒三丈地飛回美國。

不可能有這種事，一定只是巧合——

直樹雙手抱著頭。這些想像太離奇了，但是，他越想越確信，這是唯一的可能。果真如此的話，真一郎把這輩子可以創造的唯一一次奇蹟用在兒子身上，為了讓兒子實現夢想。雖然他那麼反對。

直樹感到內心湧起暖流。他想起了遺囑的最後一段話：

當你發現這種力量真正的美妙時，你必定會成為更了不起的人——

他終於瞭解了這句話的意思。佛珠的力量並不一定要用在自己身上。

不能辜負父親的遺志。不回報父親的遺志，就沒有資格繼承水晶佛珠。他為自己輕而易舉地放棄夢想的愚蠢感到生氣。

月台上傳來廣播聲，列車即將進站。

直樹拿出手機，急忙打電話給貴美子。

「怎麼了？發生了什麼事？」姊姊擔心地問。

「我要改變原本的計畫。」直樹大聲地說，「我要再挑戰一次，所以暫時不會回日本。不，在成功之前，我絕對不回來。」

貴美子不知道說了什麼，但直樹掛上電話，然後大步走進抵達月台的列車。

《完》

春日
ハルヒブンコ
文庫

57

第十年的情人節 素敵な日本人

第十年的情人節 / 東野圭吾著 ; 王蘊潔譯. -- 初版. --
臺北市 : 春天出版國際, 2018.02
面 ;　公分. -- (春日文庫 ; 57)
譯自 : 素敵な日本人
ISBN 978-957-9609-20-3(平裝)

861.57　　107000922

ISBN 978-957-9609-20-3
Printed in Taiwan

作　　者　東野圭吾
譯　　者　王蘊潔
總 編 輯　莊宜勳
主　　編　鍾靈

出 版 者　春天出版國際文化有限公司
地　　址　台北市信義路四段458號3樓
電　　話　02-7718-0898
傳　　眞　02-7718-2388
E－mail　story@bookspring.com.tw
網　　址　http://www.bookspring.com.tw
部 落 格　http://blog.pixnet.net/bookspring
郵政帳號　19705538
戶　　名　春天出版國際文化有限公司
法律顧問　蕭顯忠律師事務所
出版日期　二〇一八年二月初版
　　　　　二〇一八年五月初版四十八刷

定　　價　350元

總 經 銷　楨德圖書事業有限公司
地　　址　新北市新店區寶興路45巷6弄6號5樓
電　　話　02-8919-3186
傳　　眞　02-8914-5524
香港總代理　一代匯集
地　　址　九龍旺角塘尾道64號 龍駒企業大廈10 B&D室
電　　話　852-2783-8102
傳　　眞　852-2396-0050